Escrever é respirar, repito,
aos sete firmamentos,
às nuvens
e ao intrincado e imóvel
aparentemente
o sol.

E escrevo com fogo nas pedras
onde ficará meu nome.

A EDUCAÇÃO PELO ABISMO

A EDU-CAÇÃO PELO ABISMO

Poemas escolhidos de
ANTONIO VENTURA
por ANTONIO CARLOS SECCHIN

TOPBOOKS

O autor por Divo Marino

Copyright © 2016 Antonio Ventura

Editor
José Mario Pereira

Editora assistente
Christine Ajuz

Capa, projeto gráfico e diagramação
Miriam Lerner

Revisão final e organização
Antonio Carlos Secchin

Produção
Mariângela Félix

CIP-BRASIL. CATALOGAÇÃO NA PUBLICAÇÃO
SINDICATO NACIONAL DOS EDITORES DE LIVROS, RJ

V578e

   Ventura, Antonio
     A educação pelo abismo / poemas escolhidos de Antonio Ventura ; organização Antonio Carlos Secchin. - 1. ed. - Rio de Janeiro : Topbooks, 2016.
   174 p. : il. ; 23 cm.

   ISBN 978-85-7475-258-7

   1. Poesia brasileira. I. Secchin, Antonio Carlos. II. Título.

16-30688   CDD: 869.91
                                   CDU: 821.134.3(81)-1

Todos os direitos reservados por
Topbooks Editora e Distribuidora de Livros Ltda.
Rua Visconde de Inhaúma, 58 / gr. 203 – Centro
Rio de Janeiro – CEP: 20091-007
Telefax: (21) 2233-8718 e 2283-1039
E-mail: topbooks@topbooks.com.br
Visite o site da editora para mais informações
www.topbooks.com.br

SUMÁRIO

Nota do organizador Antonio Carlos Secchin 13
Prefácio de Carlos Nejar: A educação pelo abismo 15

I. O GUARDADOR DE PALAVRAS

Limites 21
Tabuletas 22
Eu sou um Deus que canta entre os rochedos 23
Olivetti Studio 44 25
Apresentação 26
Escrever 28
O verso (segundo fôlego) 30
O catador de palavras 31
Escrevo em azul 34
Tecer 35
Epopeia 36
Estantes 37
Lembrando um pouco Rilke 39
Ex-periência com creto 41
Soneto original 43
Dez minutos 44
Carta-poema para João Cabral de Melo Neto 46
A flor de Ferreira Gullar 49
Lavra palavra 50
Autoria 52
Não importa 54
Delicadeza 56

II. O CATADOR DE ABISMOS

Viagem 59
Ponte 60
Santidade 61
Fruto 63
Meteorologia 64
Retrato 65
Hoje é dia de rock 66
O comboio 68
Duelo 70
Raridade 71
Boi da estepe 72
A flauta mágica 73
Idade da razão 74
A máquina do tempo 76
Quatro faces 81
Madrugada 83
O anjo e o círculo 84
A balada do rei e o menino 86
Barco 88
Mesmo que um dia chegue o barqueiro 90
Tentativa 91
A noite e o vento 92
Tentativa inútil de descrever chuva caindo na
　　madrugada quase dia 94
Vamos lá 96
As lamentações 98
Fragmentos de abril 100
O tigre 102
Abril já foi entrando 105

III. CANTARES

Cantar de amigos

Bilhete ao animal feliz 111
A estrutura da bolha de sabão 113
A busca de Averróis 115
Paisagem marítima – Ulisses 128
Canção do homem e a morte 131
Dos cavalos de fogo e da maçã sangrenta 135
Concha serenando ostra 137
Poema da primeira estrela 138
Depoimento poético 140
Olha para o sol, Lygia 142
Eras a doce senhora das palavras 143

Cantar de amor

Maravilha 147
Poemalaço 149
Garatuja 150
A mão teleguiada 151
Vazio 152
Corpo 153
Chupar com casca e caroço 155
Na madrugada, para Débora 156
Pequena insinuação do vermelho 158
Carta para Débora 159
Saber é o grande horror 161
Cantor de noites e madrugadas 162
O milagre, minha bela 163

APÊNDICE

Cronologia de Antonio Ventura **167**
O catador de palavras **171**
O guardador de abismos **172**
Créditos das imagens **173**
Contato com o autor **174**

NOTA DO ORGANIZADOR

Esta antologia comporta três seções, correspondendo a grandes linhas da poesia de Antonio Ventura. Mesclando os títulos de seus dois mais recentes livros, *O catador de palavras* (2011) e *O guardador de abismos* (2014), a seção *O guardador de palavras* concentra as constantes indagações de natureza metalinguística que marcam a produção de Ventura. Já *O catador de abismos* recolhe poemas cuja tônica é a indagação existencial, a vida humana frente aos limites que a cerceiam, e os desafios para a ultrapassagem desses limites. Por fim, os *Cantares* agrupam celebrações de amizade e de amor entoadas pela palavra agregadora do poeta. Alguns poemas poderiam constar de mais de uma seção, cabendo a escolha ao organizador da antologia.

ANTONIO CARLOS SECCHIN
da Academia Brasileira de Letras

A EDUCAÇÃO PELO ABISMO EM ANTONIO VENTURA

"A vida não vive" – frase de Ferdinand Kürnberger. Serve de epígrafe ao *Minima Moralia*, de Theodor W. Adorno. Talvez porque a vida depende da morte, como a morte depende da vida. Mas o Poeta Antonio Ventura resolveu, por dom e alma, *educar pelo abismo* como uma criança na escola das palavras, ajudando-o a soletrar, aos poucos, na gramática do vento ou das estações. E daí surge sua poesia com timbre novo, pondo seus passos em vereda surreal.

Antonio Carlos Secchin é o notável organizador desta Antologia de Antonio Ventura, o que assegura critério e sabedoria, editado pela Topbooks, do Rio de Janeiro. Os textos se dividem em três partes: I. *O guardador de palavras*; II. *O catador de abismos*; III. *Cantares (cantar de Amigos e Amada)*.

É curioso o movimento quase pendular deste poeta de Ribeirão Preto e do Brasil, magistrado que se aposentou a favor da poesia, que já tem marca e rosto. Começa na perspectiva mais íntima de preservar em si o cofre das palavras. Não contente, vai ao universo como catador de abismos, o que não deixa de ser audacioso, criando Antonio Ventura seu caminho. Límpido. Isso só foi possível pela "educação dos sentidos" e pela educação dos sonhos. Ou os sonhos nos sentidos dedilhando cordas imperceptíveis ao elaborar sua preciosa *A educação pelo abismo*.

Não é mais a dureza da pedra cabralina, é o polimento do sopro que o verbo ativa. Porque abismo é existir, todos sabemos. Fernando Pessoa assevera, aliás, que "o homem é um abismo". Mas também, aqui, o que supera o abismo. Essa transcendência é senda e senha de Antonio Ventura. Porque ao dominar o abismo, sabe enternecê-lo. Ao viver, educando a dor e a sorte, como de felinos se tratassem. Correndo, portanto, o risco.

Diz em *Limites*: "Animal iluminado/ da cabeça aos pés/ que de tão terrível/ não pode dizer seu nome". E não é em vão que desemboca no mágico: *Tigre*. Ou na rilkeana descrição do "anjo terrível", como um animal.

Canta o sagrado e o profano, o real e o irreal, o terrestre e celeste, como se uma coisa saltasse de outra, ou vice-versa. Pois nas oposições é que alimenta suas famintas metáforas.

Tem olhar visionário, cercado do realismo fantástico de Jorge Luis Borges, andando nas "ruas do absurdo", com o relampear sígnico de Murilo Mendes e o angelismo de Mário Quintana e do francês Jean Cocteau. Mas essas retumbâncias é que consolidam, cada vez mais, o sotaque peculiar, inimitável. Porque escrever "é respirar um verso vivo". Respira-se o ar da tradição e da cultura, respira-se o ar do tempo, o ar das confluências, mas tudo isso, na medida em que circula no sangue da palavra, é matéria peculiar, de que nos apropriamos.

E o que é a educação pelo abismo senão a compreensão do humano? E o humano é tênue e resistente, frágil e robusto, capaz de pequenezas e grandezas. É o que atesta este fascinante poema de catador de palavras, onde o autor confessa desejar ser sábio, assinalando o texto, como um bater de sino, com ritual e ríctus, o refrão: "Mas sou humano". Desenhista de símbolos como de passarinhos. E os símbolos e passarinhos igualmente, ao desenhá-lo, designam. Por sermos rascunhos de algum Infinito. O repetir, revigora a seiva e energia poética. Descobrindo com rara felicidade inventiva, no *Soneto original*, o paraíso – chave de ouro da décima-quarta (casa).

Antonio Ventura instiga o leitor com imagens jovens, belas, algumas incandescentes. Exemplos: "Quero tirar com carinho a pedra/ de tua mão". Ou "mesmo que apodreça nos jardins/ fico a semente". Ou "partir sempre é não voltar nunca é não voltar jamais em idade alguma".

E um ponto clarificador. Adverte Antonio Ventura que "pela loucura chega à idade da razão", que nos parece o catálogo de sua educação pelo abismo. Pois nele é a loucura que gera a razão e não a razão que engendra a loucura. Quando todos pensamos o inverso. Ou na paradoxal assertiva de G.K. Chesterton, "a loucura é excesso de razão". Ao mudar o polo, Ventura multiplica e revela outro sentido. Inesperado. E inventar é o inóspito da inocência na poesia, ou a poesia que – cega na prosa – ganha vista virgem e maravilhada na explosão do verso. Tal se fosse criado o mundo pela primeira vez. E sempre é assim restaurado por uma soluçante, obstinada palavra.

E não seria A *estrutura da bolha de sabão* (poema dedicado a Lygia Fagundes Telles) a mesma do poema de Ventura, a fulgurante bolha de sabão da infância? Com igual apetência com que tocava a Henri Michaux, como se a meninice de um fosse a de todos. Com outra inegável presença é a de Arthur Rimbaud, ao "sentar a beleza nos joelhos".

A poesia de Antonio Ventura, melhor apreciada e visível agora com esta Antologia primorosa, ao ser lida, continuará na imaginação dos leitores, como a foz de um rio de muitas margens. Poesia carregada de surreal, que reúne devaneio e lágrima, poesia que não se acomoda, tenta ultrapassar a morte. Como se estivesse em círculo, ou o círculo girasse no poeta que insufla sete firmamentos. Musical, imperioso, singular, "escreve" – como ele próprio vaticina – "com fogo nas pedras onde ficará seu nome". E se insere entre os importantes criadores da poesia brasileira contemporânea.

CARLOS NEJAR
da Academia Brasileira de Letras.
Morada do vento, Vitória, Espírito Santo,
15 de agosto de 2015.

O GUARDADOR
DE PALAVRAS

LIMITES

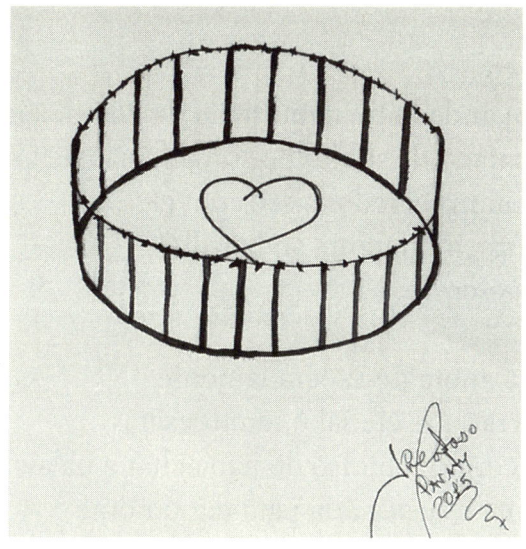

Estou dentro dos limites da poesia
com uma cerca em volta
e eu dentro dos limites

como um animal iluminado
da cabeça aos pés
que de tão terrível
não pode dizer seu nome.

TABULETAS

O poeta anda entre a multidão da grande cidade.
É arrebatado de súbito por uma legião de anjos
que contam segredos a seus ouvidos.
Pelas ruas, indiferente ao barulho,
o poeta escreve.

O poeta anota desesperadamente
as palavras que ele sabe serem exatas,
mas já com o remorso de não achar a palavra
suficiente e necessária para dar o nome
da palavra origem e da palavra anjo.

De repente, existem ruas que têm
tabuletas escritas:

>   Pedestres:
>   deixem-no passar que ele
>   está iluminado.

>   Pedestres:
>   deixem-no passar que ele
>   é o prometido.

>   Pedestres:
>   deixem-no passar que ele
>   é o mais simples, o mais nu.

EU SOU UM DEUS QUE CANTA ENTRE OS ROCHEDOS

Eu sou um Deus que canta entre os rochedos!
Entre o ar o fogo a água na montanha onde jazo
eu sou um Deus que canta entre os rochedos.
Todos que passam ao meu redor são enfeitiçados
pelo meu cantar que é sagrado e profano
no tic-tac tic-tac tic tic
no tempo e no espaço o tic e o tac
eu e o outro você João ou Maria que amo da mesma
maneira como as pedras um copo colorido uma mesa
um guardanapo e uma vitrolinha que tem músicas
[sagradas

e tem pássaros que batem asas e me enlouquecem
suas asas de prata me enlouquecem
as crinas do potro selvagem que tinha que tem crinas
de pássaros brancos onde revoavam meninos e
                                                           [homens
e mulheres e crianças voavam para o ninho de
                                                           [cimento e aço!
Eu sou um Deus que canta entre os rochedos!

OLIVETTI Studio 44

Isto que vai nascer
é uma ode que está dentro do realismo fantástico
que um dia Borges disse em O ALEPH
aquele ponto que você vai e não pode voltar nunca!
Ou volta! Por sobre as águas e o vento em meus cabelos de
nuvens e pássaros brancos branquinhos
eram os potros selvagens e de prata
nascidos na primeira manhã do aqui e agora!
Vinde logo filhos meus príncipes e vassalos
dessa primavera negra em pleno outubro!
E olhem que estamos no ano de um mil novecentos e
                                        [setenta e três
marcados por esse calendário Ha! Ah! Ah! Ah!.....

Baby me dê de beber seus pequenos seios
que jorram astros e ventos e ventanias e tempestades!

APRESENTAÇÃO

ME APRESENTO, poeta
de espírito, andando por essas ruas
do absurdo. Se eu disser
que te amo, tu me adoras?

Nossas mãos
têm obrigação de serem carinhosas,
mas sabemos também
que o animal ruge no peito sua tempestade!

Esse mar que conheço, jardim selvagem,
vem até à praia,
trazendo sempre a sua promessa
de espuma e sal!

O poeta não tem obrigação
de saber do poema,
mas é de inteira obrigação
do poema saber do poeta!
Poeta! Semeai campos de trigo,
mastigai vossa dura semente!

Ah! Mas vão brotar fontes
onde imaginamos
ser a água clara
e que tenham florestas
e tigres, e ovelha tão doce
apaziguando a manhã!

ESCREVER

Escrever nem sempre
é preocupar-se.
Nem com o verso sincero
ou vaidoso
que sou.
Escrever é respirar, repito,
aos sete firmamentos,
às nuvens
e ao intrincado e imóvel
aparentemente
o sol.

Nunca se preocupar tanto,
contudo respirar.
Essa música, esse ar, esse olhar,
essa maldição
maravilhosamente maldita.

Digo maravilhosamente!
Mas como me custa,
às vezes,
me preparar
vestido de branco
ou vermelho
para a primeira festa.
Festa? Claro! Claro!

Estamos em plena festa,
os pés às vezes sangrando,
mas sempre vivo
em plena festa!

Em plena festa!
Os pés ainda sangrando,
os amigos voltando,
os amigos de sangue,
da origem
e
de
meu
nome.

Em plena festa. Acordem!
Acordem, ó homens das cavernas,
homens peludos das cavernas,
acordem que é chegado
aquele que despejará água
sobre vocês como se fosse arco-íris.

Eu estou em festa.
Acordem, ó homens das cavernas!

O VERSO

2. Segundo Fôlego

Eu sou o reverso do verso.
Dizem que tenho outra cara
e que nunca sou o mesmo.

Mas acredito que o reverso
é o espelho refletido reflexo
de mim mesmo.

Eu sou um verso, no entanto,
todavia, contudo,
sou o verso e o reverso de mim
mesmo.

Penso que o verso tem todo direito,
por lei universal e digna de todo respeito,
de ser livre, pois sem liberdade o verso
não respira.
E eu quero respirar,
porque sou um verso vivo.
E meu verso é como um passarinho
ou uma águia
sem nenhuma cerca
ou horizonte que restrinja
meu voo.

O CATADOR DE PALAVRAS

Queria ser sábio
e conhecer todas as informações
do mundo
e do universo.
Mas sou humano.

Queria não ser palhaço
no picadeiro
deste circo,
nem pisar
na corda bamba.
Mas sou humano.

Queria dar a todos
a merecida justiça,
o merecido pão
para matar a fome.
Mas sou humano.

Queria ser o primeiro,
só para não ter a vergonha
de ser o último.
Mas sou humano.

Queria ser forte
como as pedras

e como as espumas
do mar incessante.
Mas sou humano.

Queria ser feliz
e não precisar chorar
diante da tarde azul
e da primeira estrela.
Mas sou humano.

Queria ser eterno
na fugacidade
do breve instante.
Mas sou humano.

Queria ser o mágico
e tirar de minha cartola
os pássaros
e os segredos
de Deus.
Mas sou humano.

Mas ninguém poderá negar
que numa tarde
desenhei com aplicada mão
os símbolos.

E que vi,
na noite que entra,
a árvore da alegria
desenhada

nas incomensuráveis
estrelas.

ESCREVO EM AZUL

Escrevo em azul,
porque ao cair da tarde
as coisas são azuis
e azul é meu pensamento.

É azul a criança
que brinca em meu peito.
Azul é o mar
de águas azuis.

Nesse momento certo
o dia é azul
no meu pensamento.

E a menina azul
brinca no azul
de minha alma.

TECER

Você não tem tempo
de fazer o poema,
porque você está fazendo
outra coisa
e você não tem tempo
de fazer outra coisa,
porque você está (agora)
fazendo
nesse pedaço de branco papel

o poema

vindo aparentemente

do nada!

EPOPEIA

Com os pés na terra
igual a todos os mortais,
escrevo minha epopeia
já sabiamente arquivada em algum lugar,
mas que é tão minha
como eu, que me amo.

Ela me espera de tal maneira
que me faz herói para buscá-la.
E ela me espera
de braços abertos e me chamando
e traz em sua boca de amante
bandoleira,
descabeladamente linda,
o fogo que me queima
e gosto
e escrevo com fogo nas pedras
onde ficará meu nome.

ESTANTES

Para José Mario Pereira

Na primeira estante colocarei os mais belos
livros, para que nunca esqueçamos,
no decorrer da caminhada,
da face bela ou pelo menos imaginada dele.

Mas é dele de quem falamos,
ora bem, ora mal, ora xingando,
maldizendo este amor
tão suado sob este sol!

Nas prateleiras encontramos
seus dedos de luz, por sobre
os montes, edifícios, cidades!
Seu rosto sorri gordo sol

luz amarela
como se realmente existisse
luz de outra cor como o azul, o comum céu
ao qual olvidamos cegamente
suas leis!

Nas suas prateleiras, ele guarda
páginas que são só dele, porque ele é poderoso,
por isso é egoísta,
embora sinta em seu gigante peito

um certo arrepio de fraternidade e amor!
Na prateleira encontraremos o livro dourado,
mas ela é imensa e ele soberano,
e nós, pequenos títeres de sua vontade,
vamos procurando e tecendo o verdadeiro livro

prometido!

LEMBRANDO UM POUCO RILKE

Quem, se na solidão plena
de si mesmo e de todos, gritasse,
que anjo o ouviria?
Certo que todo anjo é terrível,
mas todo anjo habita
um animal
que se mexe
e tem asas
e voa.

Ou não voa, quando é paquiderme.
Mas outrora, numa rua de Paris,
ficaram meus sonhos
e havia um circo
numa rua de Paris.

Árvores da vida!
Não sejamos apenas
animais
dentro desse duro escudo
romano.

Já que todo anjo é terrível
como uma verdade
inevitável,
deixa dourar tuas asas
de prata
sobre as pedras
duras
e inertes.

EX-PERIÊNCIA COM CRETO

Branca nuvem branca,
nuvem tão branca.
Negro céu negro,
céu tão negro.

Café com leite?
Cafuso? Mulato?
Ou índio bravo? Ou valente
índio desse continente?

Branca nuvem branca,
nuvem tão branca.
Negro céu negro,
céu tão negro.

Nasci nos trópicos
e sou moreno.
Vim de Maria, de Eva, de Joana,
de Leodora, de Lenora?

Branca nuvem branca,
nuvem tão branca.
Negro céu negro,
céu tão negro.

Até cangaceiro já fui, poeta
e cantor popular
igual àqueles desses nordestes
ensolarados
e sedentos de tanta eternidade

          eterna
          idade nossa
          que cultivamos
          na sombra
          das palmeiras
          do arvoredo.

Branca nuvem branca,
nuvem tão branca.
Negro céu negro,
céu tão negro.

SONETO ORIGINAL

Na primeira casa porei a causa primeira,
na segunda a semente entumecida
para na terceira casa já ser
o início do quarto mistério sereno.

Na quinta casa ainda tudo é jardim
e na sexta você já vê que o estado
de graça é na sétima que a estrela
mesmo na oitava casa onde se parece

com o outono entrando na nona casa
e na décima são esparramadas sementes
de frutos apodrecidos em novembro.

Na décima segunda casa, convido meus fiéis
e lhes darei os treze mistérios temidos.
Na décima quarta, chave de ouro, o paraíso.

DEZ MINUTOS

Ao poeta Antonio Carlos Secchin

Por que o pássaro é uma palavra
piando lá fora
em cima dos muros pintados?
Mas o que uma palavra
tem a ver com um pássaro?
O pássaro tem vida própria
e seu piado em cima dos muros
é alguma coisa que a palavra
não saberá descrever.
A palavra é um símbolo
e o pássaro verdadeiro?
Ou a palavra é verdadeira
e o símbolo é o pássaro que pia?

Mas pia o pássaro por sobre os muros pintados,
mas pia o pássaro sob o sol quente,
mas pia o pássaro no quintal.

E a palavra voa
na tentativa inútil
de pegar o pássaro.

CARTA-POEMA PARA JOÃO CABRAL DE MELO NETO

> "Saio de meu poema
> como quem lava as mãos."
>
> *João Cabral de Melo Neto*

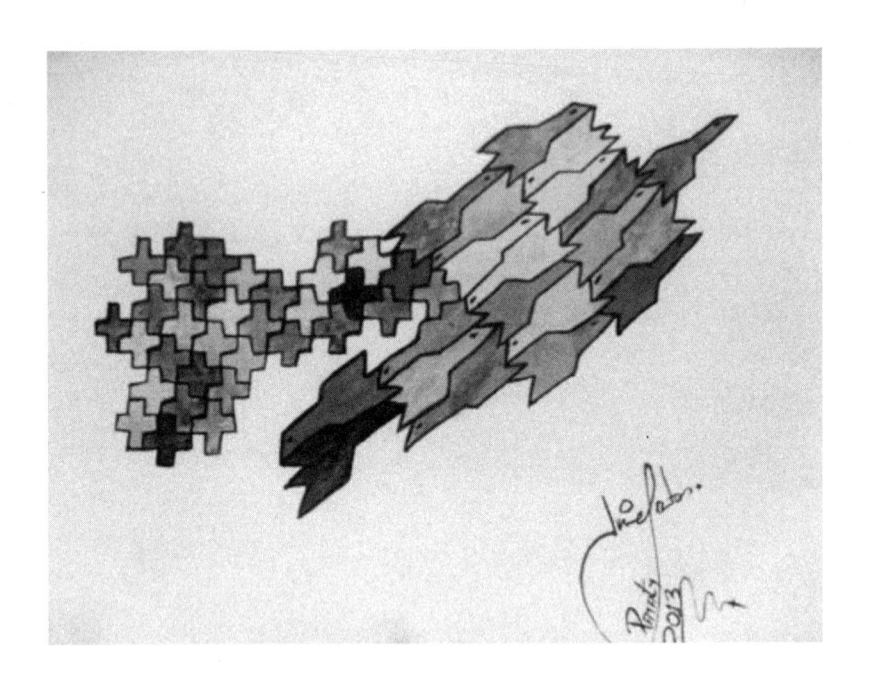

Um dia, João, ainda moço
fui beber da fonte de seus versos
contidos, matemáticos, racionais,
montados pedra sobre pedra
de sua precisa engenharia.
Foi meu primeiro aprendizado
pela pedra. Não obstante, João,

ainda restou comigo a emoção
da poesia esparramada
em sol, em luas, mares exclamativos,
praias cheias de espumas...
de tardes brancas como o ar.

Mas me contenho quando o pássaro
aparece em minha janela
e não sei mais o nome desse pássaro
que é só plumas e voo.
Mas é um pássaro, objeto concreto
da poesia, como também é objeto
da poesia a janela que se abre para o infinito.

Aprendi com você, João,
que um poeta sozinho não tece a manhã.
Por isso chamei os poetas sem nome
nos jornais, anônimos, mas que aos milhares
anunciam nas madrugadas seus gritos
de galos para uma humanidade
cujo nome não sei dizer:
se bomba, ou flor.

Aprendi com você, João,
que o pássaro é tão mineral
como o pássaro que tento
segurar na folha branca.
Assim como é mineral
não somente a flor que brota
nos jardins, nos asfaltos,
mas também é a flor

clara, perfumada, transparente
que permanece na folha branca
onde o poeta escreve.

Tudo é mineral, João,
até a lâmina que corta nossa carne
a terrível lâmina do tempo
que corta a flor e o pássaro,
seca os rios, o Capibaribe,
transformando toda beleza em fezes.

E por falar em beleza, João,
a beleza é tão mineral
que saio de meu poema
com as mãos ensanguentadas
de poesia. E não lavo
minhas mãos.

Descanse em paz, João,
que a eternidade é toda mineral.
Aqui continuamos vivendo
nossa vida severina.

A FLOR DE FERREIRA GULLAR

Em alguma parte alguma
da vida
uma flor
nasce do nada

cruel
bela
inacessível,

sem cheiro
sem abelhas

é esta flor
existente
em sua forma precisa
de flor intocada,

poema nenhum

em alguma parte alguma
da vida.

LAVRA PALAVRA

Ao poeta Mário Chamie

Não quero lavrar a palavra
se a lavra da palavra
não vier com o cheiro
do sangue da terra.

Não quero lavrar a palavra
somente pela palavra
se a lavra da palavra
não trouxer o sol

e a esperança do sol.
A lavra da palavra
não pode cair no vazio
da cisterna sem água.

Nem da boca sem sede.

Aceito somente a lavra da palavra
se a palavra vier com o sol
se a palavra vier com o cheiro
da terra vermelha que se ara
na lâmina do arado,

aceito esta lavra palavra
somente se houver a esperança
do sol
sobre o cheiro e sobre o sangue
da terra.

Não, não quero a lavra
da palavra somente pela palavra.

Quero a lavra da palavra
somente quando trago
na lavra da palavra

o sol

no cio

sobre a cisterna
cheia de água.

AUTORIA

Não penses em assinar o poema
pois existe o doce lago e o branco cisne
desliza no doce e azul lago,
independente de tua vontade e de tua pena.

Não penses em assinar o poema
porque o poema não te pertence
nem te pertencem o doce lago e o branco cisne
que sobre o azul do lago desliza o branco cisne.

Não penses em assinar o poema
não te pertence o lago azul
onde o branco cisne desliza.

Não, não penses em assinar o poema
escrito pela mão invisível de alguém que um dia
inventou o doce lago, a água azul, o branco cisne.

NÃO IMPORTA

Ao poeta Ferreira Gullar

Não importa se você vai escrever um grande poema
um poema mais ou menos
um poema ruim.
O que importa é escrever
e nascer como nascem as árvores
cada uma com suas raízes
seus galhos e folhas das mais diversas.

O que importa é rebentar o broto
que quer nascer, subir e ver o sol
e ser cada poema sua própria forma
e raízes e folhas e sol.

DELICADEZA

Desenhar passarinhos. Ser delicado com a pena delicada. Escrever. Devo escrever, já que sou um poeta, ou pelo menos assim me vejo. Ser delicado com a criança que brinca no jardim, na bênção das boas chuvas que nos protegem. O retalho de imagens. Escrever é um exercício de viver, principalmente viver. Gosto das coisas delicadas, porque nelas vive a força do mistério. O mistério vive da delicadeza. As imagens. Imagine e veja. E escreva. Escreva. Antecipe o tempo de hoje, pela delicadeza. Insistir. Insistir é querer viver, respirar, ver. Narciso vê o espelho. O espelho está cheio de palavras. As palavras estão vivas. À procura da invisível estrela. Da palavra perdida que irei viver ontem, hoje, amanhã, brincando de jardineiro na folhagem da manhã. Busco o dia que sempre amanhece.
    O destino da nuvem é ser livre dentro de seus limites.

O CATADOR
DE ABISMOS

VIAGEM

Pega em minha mão, que te ensinarei a brincar
por entre minhas árvores
que não conhecem tantos desertos
como teu peito.
Tira teu paletó,
arregaça a manga de tua camisa cara,
esquece um pouco teus pequenos problemas
que afundam teus ombros,
vem andar comigo na areia.

Pega em minha mão, que te ensinarei a brincar,
te levarei para o sol,
te tirarei de dentro dessa cisterna
onde estás lógico e escuro.
Tocarei em teus olhos,
te mostrarei o invisível que dança colorido
e passeia dentro das coisas,
porque dentro das coisas tem segredos,
tem caminhos.

Pega em minha mão, que te ensinarei a brincar,
te levarei pelos lugares
onde passo com meus brinquedos
e minhas nuvens.
Porque estou partindo para o infinito.
Não tenhas medo, vem
que te pegarei em meu colo
e te levarei comigo para o céu.

PONTE

Carlos Alberto Paladini

Caminhamos lado a lado.
Rimos juntos das mesmas coisas.

No entanto,
só eu que tenho um pássaro
pousado no ombro.

Eu sou a ponte que seus olhos procuram.
A única distância é seu medo.

SANTIDADE

Como poderei dizer que estou
no céu, se ainda nem
conheces meu segredo?
Mas se quiseres saber o meu enigma
não será tão difícil.
Ele é simples como as pirâmides do Egito,
como os números em Pitágoras,
como um verso de Virgílio.
Simples como a Esfinge que ficava
no meio de teu caminho

e dizia como eu, aqui e agora:
"Decifra-me ou devoro-te!"
Mas decifra-me principalmente
porque eu te olho com doçura.
Porque quero tirar com carinho a pedra
de tua mão. Porque saio
de meu segredo e de minha geometria,
para te santificar em meu nome
e em nome das coisas que me foram reveladas.
Decifra-me.

FRUTO

Nem todos precisam de meus frutos.

Mas eu caio no quintal
de todos os vizinhos,
porque minha árvore transborda.

E mesmo que apodreça nos jardins,
fico a semente.

METEOROLOGIA

Os jornais anunciam nevoeiro.
O dia está cinzento.

Eu nunca estive tão sozinho como agora.
Não consigo estar nem comigo mesmo.
Realmente o tempo está ruim, sujeito a chuvas.

Porém, meus olhos sondam o horizonte.
Em algum lugar faz sol.

RETRATO

O destino daquele que parte é partir sempre
é não voltar nunca é não voltar jamais em idade alguma!
Porque ele partiu!
E partiu sem medo na vertigem para partir sempre
porque o destino daquele que parte é partir sempre
é não voltar nunca é não voltar jamais em idade alguma!
E se eu voltar da vertigem eu já serei outro
aquele que achará todos os gestos alheios engraçados
porque o gesto alheio tem seu mistério próprio!
Eu nunca entendi o outro eu apenas amei
com meu coração apaixonado constantemente pela vida
e também pelas veredas da morte nos perigos de cada
[viagem!

Vocês estão vendo? Fazer um retrato!
Eu sou aquele que estou partindo a milênios anos luz
pelos corredores iluminados da grande viagem!
Porque o destino daquele que parte é partir sempre
e esse é o meu estigma é aquele que parte e não volta
nunca jamais em idade alguma!
Porque se agora eu os visito é porque sou tão velho
como essa escritura que estou escrevendo
e fazer um retrato de Antonio Ventura o jovem poeta
[maldito
nascido para todo o sempre aqui e agora estou partindo
porque o destino daquele que parte é partir sempre
é não voltar nunca é não voltar jamais em idade alguma!

A gente sabe.
Nos infinitos pontos
descobrimos
as numerosas faces.
Aplicada mão
procura sempre
a porta
do labirinto
de Ariadne
e do rei Midas.

A gente sabe
que a estrada
é essa.
A gente sabe
que viver
é navegar
no luar,
junto à ilha,
à praia
do rei Midas.

A gente sabe
das extremas galerias,
ou pensa que sabe
o segredo da lua
ou das estrelas.
O que sabia
e procurei guardar
já me esqueci
do que esqueci.
Assim é o labirinto
do rei Midas.

A gente sabe
todas as histórias
do labirinto
e do rei Midas.
Ariadne, estou aqui,
Teseu e navegante.
Vai até Midas
e me tragas um cacho de ouro
e lábios e teu mel.

O COMBOIO

Existe um comboio
que passa por minha aldeia
e seus vagões são de prata
e na noite alta estremecida
a terra treme à noite
quando passa por minha aldeia
este comboio de aço
que sobre os trilhos
faz seu branco traço,
percorrendo o espaço,
e vai estrondosamente sumindo
na noite acordada.

(Na noite cheia de cães
latindo
enluarados).

Ao longe, o comboio some.
Assim como uma memória
(cavalo de ferro na noite de prata)
passa o comboio

de minha aldeia.

Tam... Tchum... Tam... Tchum... Tam... Tchum...
Tam... Tchum...

DUELO

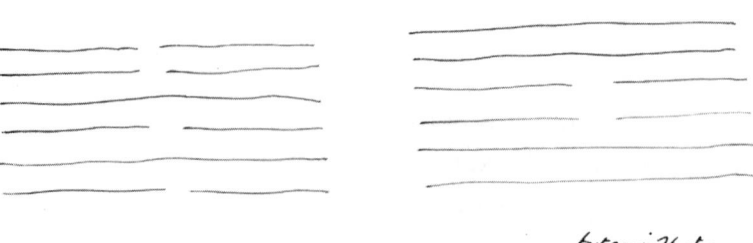

Por todos os hexagramas
disponíveis no universo,
quero a felicidade
e quero a liberdade suprema
de me manter vivo

mesmo nesse duelo,
nesse faroeste americano,
nesse filme de cowboy,
onde um dia te encontrarei
ao pôr do sol.

E um pouco de nós (eternos
e velhos heróis do oeste)
morrerá
ao estampido do gatilho
no duelo
de nossos olhos

ensolarados.

RARIDADE

É só para raros.
Mas hoje em dia
tudo é uma raridade.
De tão novo.

Todo mundo acha.
Que tem um sorriso raro,
que tem um nariz raro,
a boca rara vermelha,
polpuda, úmida
como o pecado
e sempre rara.

A entrada é uma porta rara,
mas parece um portão comum
(e lá dentro a mansão)
mas você não entra,
se não levar a chave.

Lá dentro é tão raro
e eu não diria a palavra festa,
nem trama, nem drama,
porque é muito difícil
explicar em palavras
essa entrada, essa saída.

Mas sei que entro.
E que saio.

BOI DA ESTEPE

Boi da estepe, solitário
e vário em seus amores!
Mas amo uma única
só fonte, onde o prazer

de mastigar eternos dias
e ruminar de volta
os eternos dias que já
nos foram, e somos

e seremos. Eternos
dias de meu mastigar:
nunca falte na mesa o pão

e mesmo a concórdia, o vinho
e a chave de um dia,
por todos esperado.

A FLAUTA MÁGICA

Ainda hoje procuro a flauta mágica.
Procuro-a nos rios, nas águas
cristalinas.

Até no suor das tempestades,
nas nuvens espessas,
procuro a flauta mágica.

Até na voz do povo,
no murmúrio de todas as gentes,
procuro a mágica flauta.

Até no sorriso da amada
e no grito timpânico
das máquinas, procuro a flauta mágica.

Na coragem do corajoso,
no sol que ilumina os dias
e no choro da criança, a flauta mágica.

Ainda hoje a procuro.
No voo livre dos pássaros
e na garganta da sede, a flauta mágica.

IDADE DA RAZÃO

Pela loucura
chego à idade da razão.
Parece contraditório
caminhar pela loucura
e dessa loucura dar-se uma razão.

Mas a loucura de que falo
não é coisa má
que pode pintar na cabeça
dos mais desinformados.

A loucura todos a têm.
Mas a loucura de que falo
é esse viver constante
que se chama vida.

E de modo geral
a vida é uma loucura.
São milhões vezes-infinito
de caminhos que se cruzam.
Uns dizem que vieram de Marte,
outros de Vênus.
Uns dizem que são príncipes.
O outro, escravo dócil.
Outros são vistos como malandros.
Outra é a princesa que se chama

Joana,
a sereia.

Loucura?
Existem várias.
Uma é ficar olhando o pôr do sol.
Outra é ficar olhando para a chuva.
Outra é fazer maldades,
como apertar o gatilho
a sangue frio, como um facínora
no coração do outro.
E a mais terrível (e a mais bela,
que ninguém ponha dúvidas nisso)
é ver (com alegria inusitada)
a manhã
que há milênios buscamos,
acordada.

A MÁQUINA DO TEMPO

1.

A máquina do tempo me gerou
simples e nu.
Trago ainda comigo
os olhos esgazeados de ontem.
Da fúria da máquina do tempo
colhi a flor,
colhi o grito imaturo,
colhi a alucinação dos loucos
e o som das guerras.
Minha comédia é ter nascido hoje
e continuar amanhã.

2.

Nasci velho como a noite
e de meu berço
ultrapasso a morte.
Sou a beleza e o horror,
meu rosto é gasto,
mas resiste à fúria dos ventos
perdidos no espaço.
Eu sou a lágrima e o sonho
na máquina do tempo.

Eu sou o manso, o grave,
o alucinado,
mas sou a lágrima e o sonho
na máquina do tempo.

3.

Trago em mim
a elaboração dos vegetais,
das areias e das brisas
perdidas no espaço.
Mas sou a lágrima e o sonho
na máquina do tempo.
Nasci velho como a noite
e de meu berço
ultrapasso a morte.

4.

Na máquina do tempo
ele vem raptar as criancinhas.
Minha humanidade é o amor,
mas mesmo assim é uma farsa:
do que ontem elaborou-se em flor
resta a estranha forma de silêncio.

5.

Fui irmão da loucura
que rege os cosmos.
Não amei a perfeição,
porque sou pequeno
para tão grande amor.

6.

Eu fui o visionário
na máquina do tempo:
eu vi o canto da ferrugem,
a magia do pó.
Eu vi o arrastar obscuro das correntes
e a janela do tempo perdido.
Eu vi a claridade do dia
e o sol do tempo engravidar os frutos.
Eu vi a infecção da noite
aberta em flor.
E eu vi a voz do amor
que anima os seres inanimados.

7.

No dia claro
eu amei o sopro dos homens
ilhados.
Na noite vasta

eu amei a vida nos seios das amantes
ilhadas,
para não amar a morte
com o mesmo ardor que amei a vida.

8.

Na máquina do tempo
eu sou o estrangeiro
de mãos nuas e corpo despido,
sem pátria e sem nome,
e espero apenas
para partir.

9.

Nasci velho como a noite
e de meu berço
ultrapasso a morte.

Portanto, não perguntes por mim
tenho o teu mesmo itinerário:
serei forma imprecisa
nas montanhas,
um pouco da árvore
na colina.

Estarei nos desertos,
nas minas dinamitadas,
no ferver dos metais.

Estarei na ponte caída,
nos fios de telégrafo
que levam tua mensagem.

Estarei na flor que voltou,
no sal de tua lágrima,
na brancura de teu leito.

Portanto, não perguntes por mim
tenho o teu mesmo itinerário:

nasci velho como a noite
e de meu berço
ultrapasso a morte.

QUATRO FACES

Um dia acreditei na bondade humana.
A carne todavia era pouca
e todos tinham fome.

Tenho ternura pelas prostitutas,
pelas mulheres grávidas
e pelas criancinhas
que despertam minhas lágrimas,
quando amanheço.

Um dia,
fui até aos estábulos de meu pai
e dormi com os animais selvagens
minha solidão.

Dançarinas de ventre,
habitai meu sono!

MADRUGADA

De repente existem coisas que não compreendemos
e pairam no ar mistérios.
Coisas que não compreendemos existem
de repente e mistérios pairam no ar.
Pairam no ar coisas que não existem
e de repente existem mistérios
que não compreendemos.
Não compreendemos mistérios que pairam no ar
e de repente existem coisas.
Ah! Tantas coisas que pairam no ar
que dançam no ar mistérios,
de repente existem coisas que não compreendemos
e tantas coisas que dançam
(tantas coisas!)
e nem sempre são nossas!

O ANJO E O CÍRCULO

O anjo está no centro do círculo
o círculo é o círculo circunferência
fora do círculo nada existe
pois até o universo está no centro do círculo
que é dourado, poderoso, por isso
não temo a morte e nem a desventura
pois no círculo que é dourado e poderoso
com Deus eu me guardei
no círculo dourado onde o universo
informa que é eterno, por isso milhões de anos
nada é para aquele que tem a proteção do círculo

que é dourado e poderoso
pois no círculo eu me guardei
e deito-me à direita de Deus
que toca meus cabelos com suas mãos enormes
como quem toca os cabelos de um menino
que está dentro do círculo
e dentro de Deus que é dourado como estrelas
e frio como o vento da madrugada
que passa pela janela de meu escritório
onde escrevo que o círculo é dourado
como as lendas de nossas avós
como as tardes do Brasil
que já foi mais belo mas ainda é anil
dentro do círculo que me guarda
dourado e poderoso, sem limites e sem fim.

Estou no círculo.
Dourado.
Poderoso.
Cercado por Deus.
E Deus me guarda
de todos os horrores
e de toda beleza.

O círculo
dourado
e dentro o animal
iluminado.

A BALADA DO REI E O MENINO

Tânia Jorge

As noites do rei estão repletas de mortos
em valas fundas e coletivas
no negro frio da noite, da floresta.

Eu não, eu pássaro, eu menino.

Os dias do rei são de espertezas, traições,
ciladas, facas traiçoeiras, de repente.
O sangue ao sabor de simples vento.
O sangue do homem vampiro
escorrendo do pescoço da vítima desavisada.

Eu não, eu pássaro, eu menino.

Nas noites do rei não só o horror da morte
mas da carnificina, povoam seus sonhos,
sua consciência e não encontra vento
nem ar, na densa floresta de abutres.

Eu não, eu pássaro, eu menino.

Mas o rei dorme feliz, porque ele é o rei,
é a faca que sangra, o tiro certeiro
na pureza de Maria, no seio de Maria,
e nos filhos sem pais e sem Maria.

Eu não, eu pássaro, eu menino.

Deixe que o rei manche de sangue sua espada
mate as criancinhas e as crianças e os meninos.
Usurpe da coroa nem de prata mas de lata.
Deixe que o rei deite em leito com seus fantasmas
deixe que o rei durma com seus mortos
pois morto, morto, um dia será o rei posto.

Eu não, eu pássaro, eu menino.

BARCO

Minha vida foi sempre um barco
levado pelos ventos,
neste mar ora calmo,
ora encapelado.

Quem o comandante do barco
que ora no mar calmo
que ora no mar revolto
navega?

Sempre tentei e quis
comandar este barco
que ora no mar calmo
que ora no mar revolto
navega.

Mas serei eu o comandante
deste barco que ora no mar calmo
navega em busca do arco-íris?
Ou o comandante é o outro
que na onda encapelada espreita?

MESMO QUE UM DIA CHEGUE O BARQUEIRO

A Nubia Regina Ventura, minha filha.

Mesmo que um dia chegue o barqueiro
ninguém poderá negar
que brinquei quando era criança
que enfrentei o mar de Ulisses
que lutei bravamente com as palavras
que plantei árvores e tive filhos.

Quando chegar o barqueiro
a casa estará limpa
o jardim florido
os caminhos sinalizados
para a praia e para o sol.

O que faltar faltará.
Faltará sempre o tempo para terminar o grande livro
onde todas as estórias seriam registradas.
Faltará o tempo
para inventar um novo pôr do sol.

Mas para que se preocupar com o tempo
se reescrevi com aplicada mão
a árvore da eternidade,
e vi a árvore da alegria
desenhada
nas incontáveis estrelas?

TENTATIVA

Não queiras escrever um poema.
A tarde fria está cheia de ruídos
e piados de pássaros.
A pequena piscina tem água azul
e também a água está fria.

O poema não vem.
E o poeta morre de tédio
na tarde vazia.

A NOITE E O VENTO

A madrugada dança ou é o vento que dança no ventre da noite? Pirilampos são estrelas que dançam no vento da noite? Ou é o vento que dança? Ou é a ventania ou o clarão que ilumina a noite? Ou é a lua que, pálida, ilumina a noite dos ventos?

Ah! Esta Terra que gira com os ventos que buscam nossos cabelos e os cabelos das crianças antigas! Ah! Eu quero o dia que vem depois da noite, com o sol banhando as cascatas de nuvens! Ó eterno giro! Eternas crianças com os cabelos ao vento! Vamos em direção do azul! Ó vento que balança folhas vestidas de amarelo e ainda nem é outono! Ó vento! Ó eternidade! És uma folha amarela que dança, e cai no paraíso de sol e pássaros!

Ó eternidade! Ó eterno giro! Dá-me o sol e o dia que amanhece! E dá-me os pássaros! Os pássaros! Os pássaros!

TENTATIVA INÚTIL DE DESCREVER CHUVA CAINDO NA MADRUGADA QUASE DIA

Carlos Alberto Paladini

Hoje, 25 de outubro de 2007, provavelmente quase cinco horas da manhã. Chove, barulho de água caindo dos toldos, dos telhados. E chove num ritmo igual, insistente. Meu amor eterno e breve como a vida dorme. E a chuva cai, no mesmo ritmo e mesmo barulho. Impressionante a chuva, sinfonia de uma nota só, na manhã cinza que vem chegando. Impressionante, a chuva foi só aumentar um pouco de intensidade para mudar a sinfonia, que continua, não obstante, no mesmo tom. A chuva e o barulho de água caindo é como uma rainha reinando em seu reino líquido. Barulho que acalanta, cantiga de ninar poeta insone. Cantiga de ninar água caindo dos toldos, do telhado da casa onde um poeta ouve a sinfonia da chuva que veio de longe, mas tão antiga como a chuva, meu doce amor que dorme. E chove! Mas nem por isso a Terra deixa de rolar nas profundezas do ar para apontar sua face para o sol; embora não garanta o amarelo quente, pode ser claridade cinza como os dias de chuva. Chove! E a madrugada quase dia rola. E chove! No barulho de água indescritível sobre os toldos e sobre os telhados. Música de água líquida. Límpida, sobre a tristeza da Terra, sobre a tristeza dos homens que habitam a Terra. Ah, água límpida que lava a alma dos que dormem sob a chuva que canta, faz barulho incessante de chuva! Lava minha alma, ó barulho de chuva que não para, sinfonia, Bach da natureza sem instrumentos ou craviolas, mas chuva acalentadora e barulho incessante de água límpida caindo na madrugada que certamente será logo dia! Ah, chuva, meu amor, minha criança, minha menina que chamou o poeta insone para dizer sobre a chuva que não consigo descrever com palavras esse barulho que acalanta minha alma e acalanta a noite caindo a chuva sobre os toldos e sobre os telhados. Ó barulho de chuva, desta chuva que cai lá fora, como poderei te pegar em palavras, como pássaros líquidos como a chuva que canta canção de Bach que ainda não foi escrita mas que canta em minha alma. Ó crianças, ó meninas, ó meninos, amada minha, filhos meus, acordem para olhar a chuva que cai por sobre os toldos e telhados!

VAMOS LÁ

Vamos lá, tá tá tá. Tá? E se não tá? Se não tá, torna-se fubá. Tico tico no fubá? Nem tico tico nem cá nem lá. Jatobá, e tudo vira mingau? Au, au. Que tal? A prisão eu vi do preso. E o preso éramos nós, retrós. Liberdade, pela janela, o sol. Mas tem sempre o fulano de tal. E nada no lençol. Nem eu, nem nós. Se peidar o bicho pega, ou o bicho cheira? Nem cheira, nem eira e nem beira. Na ribanceira fica a peidorreira. Sem uva na parreira, a parreira não existe, mesmo verde. Que te quero verde. Como os ventos. Cataventos. Moinhos. Toninhos. Chuva, enxurrada, pés descalços. Aqui, agora. A eternidade é o nada, da cagada. Pelada. Embananada. Como o nada, sem meninada. Sem passarada. É piada. Que não gosto. Desgosto. Mês de agosto. É passado. E o futuro? Procuramos. Na madrugada. Sem nada. Sem sonhos do mundo. Raimundo. Vagabundo. Bunda. Muda. Vulva. Pinto. Peito. Tudo bem, quando tem. O amor de alguém. Vagalume tem tem, teu pai tá aqui, tua mãe também. Pirilampos, tem no campo. Ah, que acalanto. No entanto. O canto, ficou no canto. Quieto. Apenas quieto. Não morto. Mas vivo. O anjo torto.

AS LAMENTAÇÕES

Estaremos mortos, mas antes cuspiremos no chão e abraçaremos desesperadamente o que vier ao nosso encontro. A origem é um amontoado de fezes, de náusea e de lamentações. Estaremos nus e mortos — massacraremos as flores e roeremos nossos dentes, a beleza, a lágrima. A chuva não cairá sobre nossos corpos indefesos — estaremos guardados pelo segredo e pela música. Nosso corpo e nossa consciência é um câncer cravado no corpo dele. Ele é uma besta feroz — porém mais belo e mais terrível. Ele precisa de mim, porque me ama desesperadamente. Eu o renego assim como renego a miséria e o absurdo — mesmo que eu cuspa em sua face e mije em suas entranhas, sei que numa noite qualquer ele me arrebatará ao abismo — simplesmente porque ele precisa de minha destruição, de meu mijo e de meu cuspe, pois, como uma prostituta triste e sem amor, ele me ama desesperadamente.

Antes, quando chegava a primavera, andávamos descalços pela enxurrada. Hoje já é outono e não se ouve o barulho das crianças trágicas na noite. Mas abriremos todas as portas e todas as janelas para que o sol brilhe no chão batido. Derrubaremos todos os móveis, mergulharemos na terra, entre os campos e as águas. Passaremos noites de vigília e perceberemos o cheiro forte de nossas vestes amassadas. Sentiremos frio e então acariciaremos nossos sexos como quem massacra uma flor. Ele mija sobre mim e eu vomito tudo no banheiro — então corro pela avenida, chorando desesperadamente a beleza, chorando as lamentações, os flagelos, chorando a cidade, seus heróis, suas vítimas e suas crianças.

FRAGMENTOS DE ABRIL

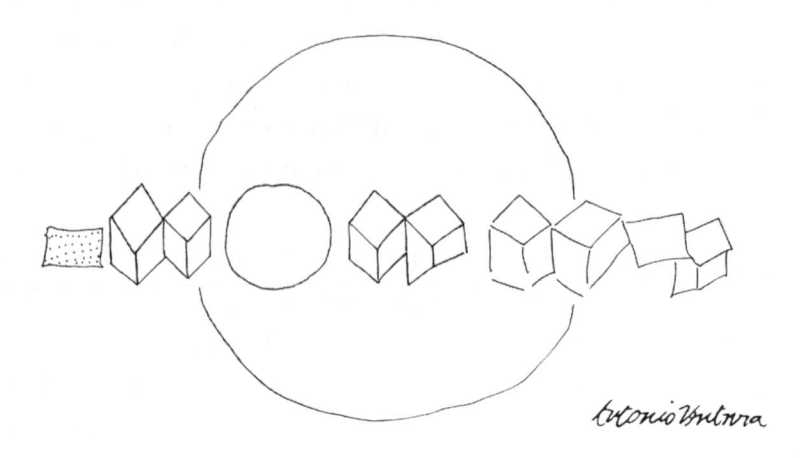

1. ABRIL

Um pequeno vento frio e úmido passeia nesta manhã de abril trazendo presságios de inverno. Pela janela onde escrevo, vejo um muro de blocos, telhados, e à beira do muro, no quintal, dois mamoeiros. Carregados de frutos, tronco, talos ocos e folhas verdes como lanças.

Nas ruas, mais longe, alguns cães latem.

Um jovem pardal salta sobre o muro, dá pulinhos e vai embora. Na linha férrea, um comboio passa, perto de casa, em frente na avenida carros também passam, uma janela se abre, uma réstia de sol sobre a mesa onde escrevo me invade e a cidade acorda.

Ainda um pequeno vento frio e úmido passeia na manhã acordada, agora mais clara e mais nítida.

Manhã de abril.

2. AINDA ABRIL

Não posso sofrer, só porque nesta tarde de abril ainda chove e o dia todo está cinzento. Não posso sofrer, porque uma janela ainda se abre e o vento balança o verde das árvores e o verde dos frutos, não devo sofrer, porque os pingos vão caindo sobre a água em cima do cimentado e, quando eles tocam água na água, tudo respinga de maneira brilhante.

Não posso sofrer, porque ainda é abril.

3. ABRIL AINDA

Ainda é abril.

A mesa onde escrevo é amarela, mas a tarde através da janela é cinza, e chove. Um vento úmido e confortavelmente frio entra em pequenas rajadas pela janela e pela porta aberta.

A tarde é de abril e parece antiga. Como antigos somos nós, que não envelhecemos como as chuvas, como o vento que sempre é vento.

A tarde de abril está úmida e grávida. Dois verdes mamoeiros estão carregados, no quintal, perto do muro de concreto. Desde criança conheço mamoeiros e a história continua em seus talos verdes, suas folhas pontiagudas como espadas.

Um cão late em frente, perto da avenida. Alguns outros respondem. Também desde criança conheço os cães e até hoje são os mesmos. E latem na tarde de abril, inconsoláveis.

O TIGRE

Carlos Alberto Paladini

"*Não sabia mais o que fazer, quando numa manhã de primavera me atacou. E eu tive, com grande dor e lágrimas, que, devagar, devorá-lo*".

Carlos Nejar

Nunca criei um tigre. Certo que uma vez ofereceram-me um filhote para que eu o criasse. Mas tive medo. Todos sabem que um tigre é um tigre, ninguém brinca com sua consciência felina e seu instinto poderoso de felino, sem correr risco de perder a vida. Por isso disse não, que não poderia criar aquele filhote de tigre, que, não obstante, de tão pequeno parecia inofensivo. Pequena pantera rajada. Quase um brinquedo.

Nunca criei um tigre. Mesmo porque tigre é animal selvagem, o certo é ele ficar bem dentro da selva, onde encontra sua caça. Eu não quero ser caça de um tigre, por mais belo e por mais que nos fascinem os intermináveis pontinhos de sua pele e o olhar observador. Tigre é bom mesmo para nos dar medo, nos perseguir em nossos sonhos, correndo atrás da gente. Nós não sabemos correr na floresta. Ficar à mercê de um tigre livre na selva, nem na imaginação. Sua liberdade é maior que a minha que sucumbe ao tigre e ao vento. E meu corpo pode ficar ali, no chão, na relva, mutilado e ensanguentado, comida de tigre.

Nunca criei um tigre. Mas, se no tormentoso sonho nos depararmos com o tigre? Sim, se na noite escura vier o tenebroso encontro? Estaremos irremediavelmente perdidos e à mercê de suas garras, ou podemos num simples despertar estalar os dedos e o tigre, como fumaça, sumir de repente?

Nunca criei um tigre. Mas diz uma lenda que foram criados infinitos tigres, enviados para habitarem as estrelas, nas esferas mais altas. Dizem que cada pontinho de sua grossa pele amarela e rajada se espalha pelo Universo e chega até a formar as estrelas que cintilam no céu. Amarelas como a imensa pele do tigre.

Nunca criei um tigre. Mas tenho medo de meus sonhos, pois sempre estou lutando com esta fera. Sinto-me frágil, o tigre sempre cercando meu caminho. Mas sempre consigo, no desespero, matar o tigre com uma faca grande, certeira e afiada. Sangro sem piedade seu coração. Muitas vezes chego a cortar sua cabeça. Mas não consigo livrar-me dele, mesmo depois de intermináveis facadas sangrentas que furam e cortam sua pele dura.

    Dizem também que de certa feita um homem sonhou com o Paraíso e colheu dele uma flor. Quando acordou, a flor estava ao seu lado, em cima de sua cama. Mas meu medo maior é sonhar com o Paraíso e encontrar a intrincada floresta e o rajado tigre, de enormes presas afiadas, e, quando acordar, ao meu lado me deparar com o mesmo tigre, eu e o tigre, e não saber mais quem é o homem e quem é o tigre.

ABRIL JÁ FOI ENTRANDO

Abril já foi entrando em sua segunda casa e ai de nós que vimos o mar, a areia e o sal sobre a Terra! Quantas palavras sufocadas na garganta que quer gritar o grito impossível, possível mas tão pequeno como um sussurro na noite. Assim como são pequenas as estrelas, também é nosso grito, qual grilo pequeno no coaxar da noite cheia de estrelas!

Não, não quero mesmo a palavra bordada que não fale da rua onde passam as pessoas, que não fale de uma lua ao cair da tarde, que não fale das palavras comuns, não fale dos homens da cidade, que entendem a palavra pão, café, mulher, dor, amor. Parem de esgrimas ao vento.

O que é mais nobre, aguardar a chegada de Godot, ou sair na estrada e buscá-lo? Chama que chama. De tanto chamar ficará chamado e encontrado. Chega. Logo, em alguma esquina encontrarei Godot.

Dançarinas de ventre, habitai meu sono.

CANTARES

Cantar de amigos

BILHETE AO ANIMAL FELIZ

Para José Vicente

Zé Vicente filho do inferno
o que foi feito do céu onde outrora se bem me lembro
a minha vida era um festim e tu me sentaste a beleza
em meus joelhos numa tarde
e eu segui ao teu encontro filho meu
e aqui e agora estou de volta a serpente a magia
as pirâmides do Egito a Esfinge eu
estou voando no céu que chamamos consciência
                          [cósmica em chamas
como um potro de crinas brancas de prata cavalgando
um potro de prata numa quermessinha do interior de
                                    [Minas
no interior de todas as ruas do mundo.

Meu filho hoje eu vim te visitar e anunciar que continuo
                                      [feliz
na consumação de minha carne de minhas horas
porque eu caminho feliz e iluminado na montanha na
                                        [torre
e é doce o meu cajado de nuvens e de origens
exatas como as águas de um rio sereno a Esfinge
a pedra no meio do caminho aquela que lamentei e
                                        [aprendi

que por essas veredas da nova era
existirão pelas esquinas as lamentações sangrentas.

O espírito secreto te conta uma história para tu dormires
e acordar de manhã cedinho em noutras cidades noutras
[plagas
noutras plagas ah os pássaros estão chegando ouço ruflar
[de asas
de pássaros eternos loucos equilibrados que formarão a
[grande
árvore onde somente as crianças têm ingressos para
o brinquedo que tu me ensinaste brincar!

A ESTRUTURA DA BOLHA DE SABÃO

Para Lygia Fagundes Telles

Lygia, minha senhora menina donzela ou rainha
que li em um antigo livro de Rabelais
que se lê Rabelé sei lá que eu nem sei se é isso mesmo,
porque estou em outros limites do espaço
imenso que tinha dentro da cabeça de Einstein
imensa com seu violino imenso
inventando a última canção de Orfeu ou a primeira
porque podemos saber tudo ou nada.

Mas é maravilhoso brincar na manhã verde
com verdes e leitosos canudos de mamão
que só existiam na infância no vasto quintal
as vacas pastavam na brisa da manhã
e eu buscava leite nas tetas coloridas das vacas.

Depois eu me sentava no rabo do fogão a lenha
que ainda estava quente algumas brasas sob a cinza
e as brasas brilhavam coloridas de amarelo e vermelho
em alguns tons mais fortes, eu corria para o pomar
e com um canudinho verde de mamão e com uma latinha
de sabão Sol-Levante que minha mãe comprava em pedra,
eu via sempre o Sol se levantar no horizonte
e não havia manchas e as bolhas brancas e transparentes
como todas as bolhas de sabão

brilhavam na tarde de prata e anjos de prata
vestidos de ouro vinham conversar comigo
debaixo das mangueiras onde eu soltava de seus cárceres
as bolhas de sabão que subiam levadas pelo vento...

Pela estrutura da bolha de sabão eu subi montanhas,
passei por solidões e espadas te procurando
soltando bolhas enormes coloridas de sabão
que mamãe lavava minha roupinha branca à beira da bica
e cantava uma canção que ela mesma fez,
depois eu nunca mais me esqueci do rouxinol,
um pequeno passarinho que eu nunca vi,
mas que lia nas páginas de Shakespeare
que fora um rouxinol e não a cotovia que varou
o recôndito de teu ouvido, creia-me amor, foi o rouxinol!

A BUSCA DE AVERRÓIS

Ao professor Vicente Teodoro de Souza

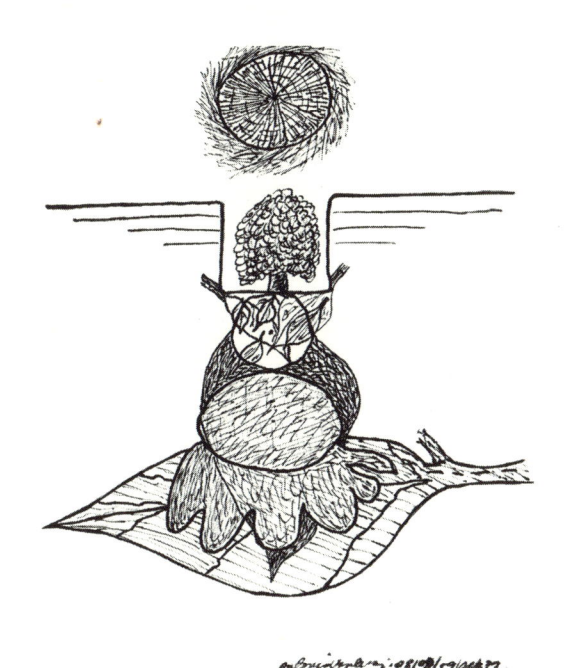

Por isso numa tarde
em que sentei a beleza
sobre os meus joelhos
e achei seu gosto maravilhado
de todas as maravilhas e origens!
Aí eu me lembrei de você
lendo velhos recortes de jornal
a saudade você vê
que coisa!

E eu não tenho meu
querido O VIGIA
nem PANORAMA
de todas as artes
mais particularmente
a literatura!
Então quando eu me lembrei de você
o Vicentão do Santos Dumont
aquele que sabia ser até inglês
e ir à tardinha ver o pôr do sol
e depois voltar e não ficar triste
porque a gente my people sagrada
branca e irreal como a história
da moça fantasma de Belo Horizonte
fria e distante nos vastos sertões de Minas
você vê a emoção imensa
que me emociona imensamente...

Ah! O que acabei de escrever
passarinhos grilam na noite
um canto de brejo e esponja
macia e que enxuga tudo
no úmido orvalho da manhã.

Ah! Essa expressão eu acabei de escrever
nesta folha branca!
Mas sabe professor eu queria
inventar uma nova fórmula
da expressão Ah!

A gente poderia ter uma emoção
e ser tomado de súbito
pelas entidades secretas
da grande viagem
que pode ser a coisa mais simples
que cresce feito o tamanho
de uma torneira absurda
absurda absurda absurda
quantas vezes eu puder dizer
absurda absurda absurda
como lá fora o ladrar dos cães
que você vê a torneira do absurdo
para a roda do caminhão
que vi num filme absurdo
porque depois me lembro
que o que eu queria dizer
para você não era nada
disso nem contudo
tinha eu o propósito
de te escrever um poema
ou escrever um poema
para a humanidade
ou não ser nada disso nada disso
não ser nada disso para ser tudo isso
ao mesmo tempo porque
o meu pensamento
que de vez em quando se transforma em Platão
porque nunca li propriamente
nada de Platão
como penso que eu já devia
ter lido Platão!

Meu Deus! My God!
Eu ainda não estudei a obra de Platão
mas sei perfeitamente que Platão
era branquinho como a criança
branca sentada a sua direita
pai filho ou irmão meu
que guia minha mão
e a caneta Bic
a melhor do mundo
porque eu não entendo de canetas
mas apenas escrevo
coisas imperturbáveis e remotas
como a primeira manhã
real e única!

Mas você vê professor
que sem querer já está começando
a ser meu leitor
como na fonte Narciso
se olhava na fonte Narciso
na fonte primeira e única
você já leu a linda história
de Narciso muito belo
foi na fonte e viu que não
se chamava apenas Antonio Ventura
um simples mortal
as palavras podem ter línguas de fogo
como as bestas do apocalipse
e suas membranas incolores
eu não tenho mais
nenhum exemplar de O VIGIA

nem de *PANORAMA*
se você tiver me mande
urgente por via postal
aérea voando
porque quando volto a repetição
do tema
por quê? Uma espada feriu
minha carne e tudo são símbolos
e a gente escreve apenas
para se salvar
se salvar de tudo
e de todos os atropelamentos
e manchetes de sangue
que você vê nos jornais sangrando
e raramente dizem
que o rouxinol
o rouxinol do absurdo
que é existir as coisas
como essas constelações
como essas nebulosas
como essas vítimas e as crianças!
Você sabe o efeito da cor branca?
Por exemplo: eu escrevo imagens
no papel.
Ponto. Um dia tomei um ônibus
e o ônibus era alado voava
com os passageiros dentro
do ônibus que voava.

Existe o virar de páginas
mas a cantiga ou a canção

ou a cantilena sem nexo
ou o soneto ou a estrofe
que já não sigo nenhuma regra
nem partidos nem classes
nem A nem B e nem C
por favor peço para todos
aqueles que
vieram com todos os venenos da manhã
venham mas não manchem
meu traje branco
ou incrinem ou encrinem
ou que outra palavra
alucinada poderá repetir
a gramática secreta
como os hieróglifos
quase indecifráveis e secretos
como a secreta pirâmide
ou como qualquer palavra
ou qualquer verso de qualquer poema
que você acabou de buscar
na memória
o paraíso das ilusões
o fonte secreto do paraíso perdido
que não era para sair
o fonte secreto do paraíso perdido
mas a fonte secreta do paraíso perdido
e você vê não é que eu
não entenda de gramática
eu sou o bailarino dos jardins impossíveis
e dança na dança que me dança!

O paraíso secreto. Esse poderia ser o nome
do maravilhoso maravilhado
que estou querendo
explicar não sei por que
ou sei? Ou sei!
Que emoção deva ter o poema?
Às vezes eu escrevo tão depressa
que quando chega a palavra
como o pôr do sol
que é minha roupa
que uso aos domingos
para ir ver o pôr do sol.

E você vê como podem ser
os vícios de linguagem!
Como pode ser, como pode etc
mas também como
você vai buscar a fonte do poema
e encontra uma calçada
e uma criança feliz demais
nesse tempo sombrio
numa esquina
das ruas de Copacabana
Copacabana me engana
a gente não procura rima
mas rimou.

Eu paro ou devo continuar?
Porque não quero insistir
ou melhor não é insistir
mas insistir na nuvem clara

ou deixar no balde
onde se lavavam as roupas
que se sujaram
durante a viagem!

Eu paro ou devo continuar?
Continuar fazendo poemas
lendo Shakespeare
é um passarinho que canta
naquela romanzeira
onde nasciam romãs
e frutas do conde
e castanhas do Pará!
Do Pará ou do para!
Continuar a escrita
que alguém me guia
alguém me leva na fonte
porque todas as outras coisas
são completamente
outras imagens!

Mas a gente sempre se repete
na água clara da montanha
ou a água suja da planície
onde visito todos os dias
meus pombais minhas pombas
as rolinhas em meu ombro
coberto de nuvens.

A fonte é imensa!
E pode se descobrir todas as imagens

porque poesia é imagem
é a imaginação o espírito
espiritual na ou em sua
forma mais pura
a forma que originou a escrita.
Mas alô professor Vicente
será que eu tinha me esquecido
de você?
Ou de você de você de você
você sabia que eu às vezes
escrevo e misturo o tu
com você e depois eu misturo
vós e depois eu misturo
eles para que todos
façam parte do espetáculo!
Lá fora, nesse morro de Copacabana
onde moro
os cães ladram
num ritual de magia e medo!
Porque ladrar na noite
os pergaminhos a coberta
mas cobertores sem
o acento circunflexo
ou com ele!

Porque você vê a força
que tem o asfalto e as máquinas
a vapor de nuvens
porque me pintaram de branco
e eu volto a ser pastor de nuvens
e não sei por que me

lembrei dos faróis
os faróis me iluminam
na alta noite em que escrevo
um poema uma carta fantástica.

My God! O ladrar dos cães
lá fora
me traz lembranças.
Por favor help alguém
me olhe o pôr do sol
cuide bem dele
porque ele foi o meu primeiro amor.

Pode chegar o momento
o momento (pelo amor de Deus)
exato o momento que
por que pelo amor de Deus?
Há sempre o relógio do mundo,
lá fora o ladrar dos cães
aqui e agora sempre as
nuvens flamejam
quando penso nas crianças
que ficaram fora
do espetáculo porque
não tinham dinheiro
pra pagar o ingresso
e entrar no infinito espírito
vestido de arabescos árabes
a flor da Arábia!

Vamos todos para o grande circo
franjados de lantejoulas impossíveis
e inventar um novo vocabulário.
Ah eu estou condenado a esse
amor e o nascer do medo
porque eu e ele à sua direita
descemos ao inferno
porque estou encarcerado nesse cárcere
de cães lá fora
porque o medo pode ser
a única prisão!

Às vezes escrever me dá medo
porque escrevemos o verso
e depois olhamos o que foi ditado!
Escrever me dá medo
ou foi o ladrar dos cães?
E porque fui levado
a escrever tudo isso
que eu queria apenas te pedir
um favor please my friend
que reste apenas o amor
esse amor bobo imbecil louco
que pode salvar ou destruir tudo
inútil como aquele que ficou
parado na porta do circo
e o circo tem todas as portas do mundo
e tem lonas imensas
e tem jardim encantado
tem jardim da infância
porque eu quero fundar um jardim da infância.

Para que tantos jardins?
Para ficarem suspensos me disse uma voz
suspensos no ar
como a Terra.

Você pode me ler de qualquer maneira
começando pelo vento ou pela campina
onde semeamos o trigo
e você vê logo teremos
trigo dos trigais
o ouro em minhas mãos
brilhando como o nascer do sol
aquele sol raiado
que sempre raiava no horizonte
refletindo um lugar-comum
que é essa hora
que acabo de olhar no relógio
as horas violadas de vigília
aquele que guarda a porta
que em todas as paredes têm portas
janelas claras
e meus olhos claros (claro)
por que claros? Para mim, ora
pelo menos tudo é claro!
Eu fiquei claro e pousei
sobre a folha mas podem vir
mas mãos escuras podem vir
e pousar sobre a mesa!
Sou inocente embora queira
meu sacrifício queria rasgar
meu traje branco

a folha é branca mas tem um inseto
pousado sobre a folha branca.
O senhor tem mãos finas?
O senhor tem identidade?

Os cães poderiam ser mais mansos
e não ladrar assim tão alto
lá fora meu espírito passeia
leve leve e os cães ladram na paisagem.

Penso que meu espírito está
passeando vadio pelas areias do deserto
de cães eu quero ser o oásis
eu quero ser o oásis
ou a voz do silêncio que não
sabe de nada, embora tudo viu!

PAISAGEM MARÍTIMA – ULISSES

Ao poeta Carlos Nejar

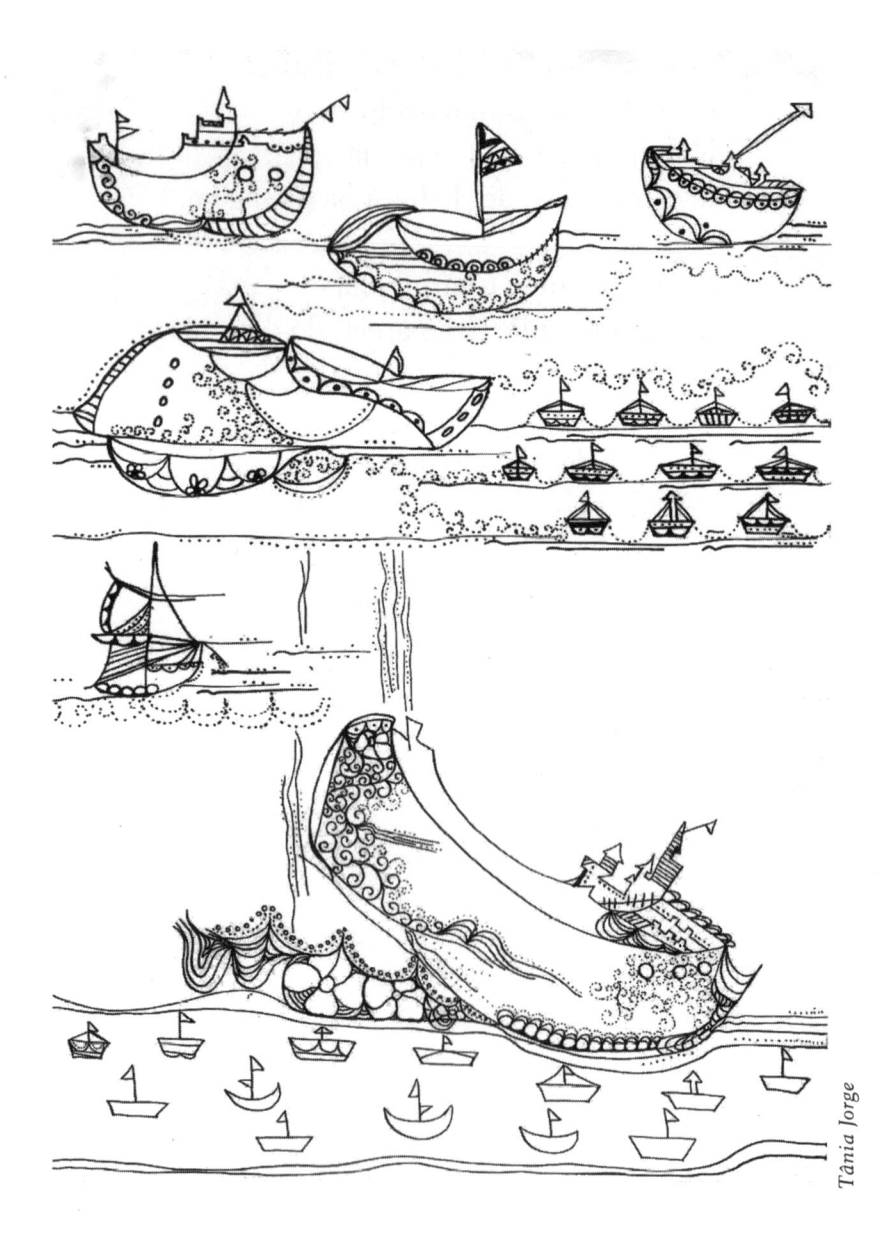

Antes de tudo é essa vontade constante
de viagem que trago no peito, e até
na alma. É de nascença, sempre fui assim.
A sede é minha irmã, por isso navego
por mares calmos e perigosos.
Estarei para sempre enfeitiçado
por isso mando meus feitiços,
mas um dia prometi
que voltarei para casa
e reverei Penélope.

A aventura da ave, da águia, da pomba,
os passarinhos e mesmo a serpente
enrodilhada
é meu lema, meu remo, minha nuvem.

Mas Ulisses é sempre estrangeiro,
mesmo dentro de sua própria casa.
Estou perdido e me encontro
sempre num ponto fixo;
e na verdade não faço parte
das metafísicas exatas.

Ulisses é um herói de propostas várias.
Ulisses é muitos e não tem uma só cara.
Ulisses não é fácil personagem
nem tão difícil. Ulisses quer apenas
essa tarde de sol maduro
plantá-la como planta em algum coração
perdido e enfeitiçado.
Penélope, te deixo estes fios, estas linhas,

para teceres no tear mais uma vez infinito.
Pega a linha do Kaos
e tece uma a uma o tempo necessário
de minha espera.

Penélope, espera, não tenhas tanta pressa
que estou em toda parte.

CANÇÃO DO HOMEM E A MORTE

Quando o povo contou a notícia de tua morte,
não pude ficar triste:
pois brilhava no céu um sol tão real,
que achei esquisita a tua morte,
assim como eu acho esquisitas todas as mortes.
Somente à tarde,
quando a cidade agigantava-se em estranha festa,
anunciando teus anos hierarquizados,

é que pude sentir uma angústia maior
numa tarde qualquer:
e nenhuma lágrima rolou de meus olhos,
e achei inútil o pranto de tua esposa
e de teus parentes e irmãos sensibilizados:
pois a lágrima é pequena, ínfima e ridícula
diante do espetáculo.
E uma grande tristeza passou pela cidade,
mas nem por isso os bares se fecharam:
continuaram com seus bêbados,
com os donos atrás dos balcões
à espera de um possível progresso,
e com as mulheres que buscam leite
e o pão de cada dia para a saúde dos filhos,
às vezes famintos.

Esquisita também em tua morte
é a tua posição num caixão de primeira classe,
assim como é esquisita a posição de todos os homens
em caixões de todas as classes.
Esquisitas também são todas estas pessoas a teu redor,
te lamentando e dizendo que a vida é uma simples
                                                  [brevidade
e um piscar de olhos.
Mas, num instante, ninguém acredita em tua morte,
pois foi tão rápida que nos pegou de surpresa,
e alguns chegam a rir indiferentes,
olhando a paisagem,
e alguns mais medrosos temem a ideia da morte.
Esquisito é que não verás mais o sol,
através de teus óculos.

Esquisito é que não verás as últimas notícias
do jornal que fundaste com o suor de teu rosto.
Esquisito que não poderás fazer discursos
nem mais projetos: pois estás completamente morto,
morto, morto, morto, morto, morto, morto,
mas de ti ficou um pouco nas páginas de jornais,
um pouco de ti em teus irmãos e em teus amigos
e na memória de tua esposa,
um pouco de ti no amor e no ódio dos políticos irmãos
e um pouco no muito que fizeste.

E agora, no cemitério,
em que a multidão ansiosa te espera
como que para um estranho comício,
e a multidão faminta trepa nos túmulos,
derruba as cruzes, se ajunta e se massacra,
e todos querem te ver com curiosidade estranha,
como que se tu fosses o ator
neste palco indiferente onde todos trabalham:
muitos falam da morte como uma deusa temível
e outros falam da vida alheia
e muitos olham para as pernas das mulheres.
Mas de um modo ou de outro esta sublime hierarquia
veio te ver principalmente porque foste um homem
bom e simples, simples e bom,
e muitos te trouxeram belas flores inúteis:
e tudo faz parte do espetáculo.

Pronto: acabou-se. Anoiteceu.
E a tristeza da noite é igual
à de uma noite passada e futura,

talvez um pouco mais noite depois de tua morte.
Mas no céu são as mesmas estrelas incompreensíveis
e no coração o mesmo amor futuro
que só agora meus olhos choram:
e com os olhos cheios de lágrimas
e em revolta contra o grito e o salto da besta,
eu gargalho e escarro nos anjos, na angústia e na
[morte,
e grito pelas ruas,

e faço um brinde à vida presente.

DOS CAVALOS DE FOGO E DA MAÇÃ SANGRENTA

A Renato Batista Ventura, meu filho

Só soube te dizer da dura poesia
no cavalgar dos cavalos de fogo
com olhos de fogo.

Come docemente a maçã
sangrenta e vermelha e vermelha
e sangrenta da vida.
Desde a origem da vida
do ovo branco e do pássaro sem cor.

Mas pássaro qual Fênix
das cinzas renasce.

Come docemente a maçã
sangrenta e vermelha e vermelha
e sangrenta da vida
que é tua.
Come, criança, inocente como o dia
é inocente
sem culpa de ser dia.
Ou noite sem culpa de ser noite
igual a todas as noites

desde a origem do ovo
e do pássaro.

Desde a origem da vida
e do ovo
dei-te a vida
que não é minha
mas tão tua
como verdade de pássaro e ovo.
Come docemente a maçã
sangrenta e vermelha e vermelha
e sangrenta da vida.

No cavalgar dos cavalos de fogo.

CONCHA SERENANDO OSTRA

A Antonio Perucello Ventura, meu filho.

Há três dias
teu pai estava ausente, meu filho,
pérola preciosa.

Cheguei de exaustiva viagem
e estavas dormindo.
Com meus braços
enlacei teu corpo e ao teu lado dormi.

Igual concha serenando ostra.

POEMA DA PRIMEIRA ESTRELA

Para Carlos Nejar

Por que, pai, me chamaste
quando eu estava no vento
vestido de branco?
No começo da noite, a lua fina aparece no céu azul
e perto desponta a primeira estrela.

A minha primeira namorada, pai,
foi uma estrela.

Eu vim, não porque pedi,
vim porque igual ao rio que corre

eu vim para te saudar, meu pai,
na casa do vento,
na praia da Urca, montanhas de pedra
sobre o mar quieto e sujo
de navios e pequenas embarcações.

2.

A minha primeira namorada, pai,
foi uma estrela.

Conta para todos.

DEPOIMENTO POÉTICO

Depoimento que presta o menino poeta à menina azul Lygia Fagundes Telles, que, depois de pedir permissão ao senhor dos pássaros, disse: onde anda a menina azul que até hoje borboleteia em minha alma? Um dia a menina se perdeu em suas histórias, contadas dia a dia. O menino sempre tímido e apaixonado. Pela vida, pela aspiração da justiça para os justos e os decaídos, daquele paraíso que até hoje buscamos. Um dia, havia bolhas de sabão ao sol do inocente dia. Hoje, o aumento da gasolina tira toda a poesia do instante. Mas que fazer? Fundaremos e perfuraremos nossos poços de poesia, tiraremos o ouro do mais profundo, embora as searas estejam ameaçadas pela história do mundo.

Sabe, querida amiga, a vida é este constante suar, este sangue que corre em nosso corpo e em nosso espírito. Te amo. Na delicadeza de teu espírito, te amo. Em minha solidão incontestável, te amo. Das bolhas de sabão, é claro, precisamos delas, para que não morramos sufocados pelo lodo da vida, que conhecemos e teremos de conhecer cada vez mais buscando as campinas. O meu medo, querida amiga, é não ser eu, e ser outro, mas não tenho medo, porque sei que o horizonte no alto das montanhas existe e ele também sou eu, que sou o outro. Menina azul, dá-me o céu para suavizar minhas dúvidas, que me amarram igual a um Prometeu.

Prometo: te ofereço o vinho e a minha incerteza, que

maravilhosamente se esboça nas mínimas coisas, que são tão bonitas! Prometo: que um dia (por que não?) poderei escrever, sem vergonha, que um dia eu vi a face dele, e meus cabelos ficaram brancos, e só fui salvo porque fui chamado, e para os chamados é dada uma alegria. Mas sabe, querida amiga, estou aí para o que der e vier. Sabendo que estás no tribunal, onde todos são réus e são vítimas da imensa e incessante face dele, e somos testemunhas de todas essas coisas. Querida amiga, dá-me tua mão, nesse momento mágico, mas não somente tua mão, mas tudo, teu espírito iluminado, e toda luz, e toda certeza que dia a dia, passo a passo, gesto a gesto, rabiscando as palavras, engendramos!

OLHA PARA O SOL, LYGYA

Olhar para o sol, Lygia, é olhar para o deus do fogo, da claridade sobre a Terra. Um dia um menino colocou em seu peito o escudo dourado e saiu pelo mundo andando descalço e pisando as chuvas molhadas sobre as areias e sobre as relvas. E sobre a grama verde, que te quero verde, ó verde baile verde, de folhas ao vento, de hortas verdes, gramados, verdes mares bravios, florestas verdes com fios de rios azuis. E verdes eram os cães da infância, nos quintais ensolarados, banhados de luz.

Na tarde, um avião passa pelo céu, fazendo um ruído rouco, sob o sol esplêndido de maio.

ERAS A DOCE SENHORA DAS PALAVRAS

Eras a doce senhora das palavras e eu o poeta aprendiz. Não sei o que dizer, pois se soubesse diria que sempre te amei como amei o sol que aparece de vez em quando, ou sempre. Sempre te amei porque eras a doce senhora das palavras. Queria te contar, minha amiga, que o pássaro pia incessante no quintal. É claro que sempre te amei, não com fome de carne, mas com fome de alma, com fome de palavras colocadas na página branca, por isso os pássaros piam no quintal e a água da piscina se mistura com a chuva. Doce senhora das palavras.

Cantar de amor

Para Débora Soares Perucello Ventura

MARAVILHA

Tânia Jorge

Teu nome, ó amada, ó ave,
é maravilha, maravilha, maravilhada
de todos os caminhos da origem
é teu nome, ó amada, ó ave,
maravilha, maravilha, maravilhada
é teu nome, tua geometria, tua fonte
maravilha, maravilha, maravilhada

ave como eu, o rouxinol, anunciamos
a primeira manhã de Aquarius.

Maravilha, maravilha, maravilhada
é teu nome, ó amada, ó ave!

POEMALAÇO

Dentro do nó
de meu laço
meu abraço.
Em teus braços
descanso
meu cansaço.

Dentro do nó
de meu laço
no mormaço
da tarde
de aço
também aceito
teu cansaço.

Dentro do nó
da noite
meu laço
teus braços
teu laço
meus braços –
a geometria
do amor que não sei
mas que faço!

GARATUJA

O desenho nasce das mãos mágicas do criador.
Não precisa o criador ter cursado escolas,
pois o criador de tudo, cheio de luz, é a
própria escola. Os desenhos são garatujas
como as estrelas, como as fases lunares. Amor,
tu és a donzela, a corça graciosa que
salta sobre os montes! Por isso, amor,
o desenho é uma garatuja daquilo que
quero dizer que te amo, e peço tua
mão, como a água que falta para minha
sede, como a camisa quente de que preciso
para dormir nestas noites de inverno!

Ó estrelas! Não confundam nossas sinas
que vislumbramos na luz graciosa da
manhã! Urge que a noite urge. E nossa
esperança é uma faca luzidia. Na
noite, resplandescente!

A MÃO TELEGUIADA

A mão teleguiada faz gestos de amor
tão manso e tão perfeito que parece
que o dia amanhece.
Por isso estou de volta
e te mando um telegrama:

o dia amanhece.
Tão duro, tão forte e tão terno
o dia amanhece
de repente como alguém que chega
e entra sem pedir licença.

Aqui estou. Presente.

VAZIO

Estou vazio.
Cheio de pensamentos.
Mas estou vazio de ventos, de luas, de noite.

Vazio.
Poderia dizer do céu azul, na tarde
depois da chuva,
depois do arco-íris...
Vazio.

Estou vazio de poesia.
De poesia para ser reinventada.
Muito vazio.
Vazio até de teu amor, amada, que é imenso
e quente, e agora.

Mas estou vazio.
E é noite. Rondando o céu sem estrelas,
é noite, vazia.

Estou cheio de coisas. Mas vazio.
Vazio como deveria estar sempre a alma
translúcida, límpida, vazia.

Vem brincar,
porque estou vazio, meu amor.

CORPO

Teu corpo
corpo
terra fértil
cheirosa terra
perfume
cheiro
pescoço
em minha boca.

E sobre teu corpo me deito
e sobre teu corpo
ruflo minhas asas.

Ah! Boca como mel
tua boca
abelha
rainha
tua boca
é como o mel
da doce rainha.

E sobre teu corpo me deito
e sobre teu corpo
ruflo minhas asas.

Teu corpo
corpo
solo fértil
teu corpo
deitado
no leito
é leite
é fruto
que alivia.

E sobre teu corpo me deito
e sobre teu corpo
ruflo minhas asas.

Teu sorriso
tua risada
de fêmea
incendeia
minha alma
que se deita
em teu jardim
em teu corpo
teu corpo.

E sobre teu corpo me deito
e sobre teu corpo
ruflo minhas asas.

CHUPAR COM CASCA E CAROÇO

As jabuticabas são doces,
dá vontade de chupar
a casca e o caroço.
Ó morena do mar,
que parece jabuticaba
tu, que és minha amada
eu quero te chupar
e mastigar casca e caroço.
É isso aí, seu moço.
Quem ama, chupa
com gosto, seu moço,
com gosto, com gosto,
com casca e caroço.

NA MADRUGADA, PARA DÉBORA

Hoje, dia 11 de junho de 2009, 03h21min. Doze dias
se passaram, e eu corri no vento, meu amor,
para nada eu corri ao vento, no vento da tarde porque
logo após eu veria a primeira estrela no céu

azul cheio de nuvens que foram indo embora com o cair
da noite. Sim, meu amor, sei que a
doação de teu amor seguro nas conchas de minhas
mãos, tão docemente, tão furiosamente como

queria que fosse o amor profundo e forte,
principalmente forte, porque nada pode ser profundo
sem antes não ser forte. É isto aí, meu amor, é isto aí,
ouve palavras de minha boca que sempre

pronunciou teu nome no vento da tarde, quando a
primeira estrela apontou no céu ainda azul.
Este mendigo que um dia pensou que fosse príncipe,
que pelo menos sonhou que era príncipe

quando recebia de ti a doação de teu amor, que eu
recebia em minhas mãos feito concha. Príncipe
das cavalgadas com minha égua alada, idolatrada,
nas campinas à procura dos búfalos

desaparecidos, e com o desaparecimento dos búfalos
vieram os cavalos de fogo e ferro,
fumegando na planície devastada. Ah, meu amor, recebe
minhas mãos em concha, assim como

recebo teu generoso amor, e deixa que o vento vente
pelas esquinas do mundo, vente na tarde,
vente nas praias ensolaradas que só nós
sabemos, deixa, amor, que o vento vente.

O resto não tem importância.

PEQUENA INSINUAÇÃO DO VERMELHO

Vermelho é o vestido dela,
que incendeia minha paixão
vermelha como a febre
e vermelho como o arco-íris
na tarde ensanguentada
manchada de vermelho
e meu amor explode
dentro do vestido vermelho dela
dentro do sexo vermelho dela
dentro da boca vermelha dela.

Ó vermelho! Ó vermelho!
Onde explode minha vermelha paixão,
meu verdadeiro e vermelho pôr do sol,
onde passeio com ela,
com o vestido vermelho dela
com a boca vermelha dela.

CARTA PARA DÉBORA

Qual a cura para a tristeza, se a alegria foi embora com o inverno que curvou nossos corpos na semeadura dos campos de trigo? Mas não, logo virá a primavera, o sol banhará a terra sedenta de flores e banhará o verde dos campos ainda não devastados e a luz que inunda o mundo inundará as flores verdes dos campos verdes, minha bela. Amor que amo, não somente porque chegará a primavera, mas principalmente porque chegará a primavera e andaremos descalços na enxurrada, logo após as grandes chuvas. Te amo mesmo, muito mais pelo amor do amor somente do que pela primavera que está chegando, no futuro cheio de luz e flores nos jardins invisíveis de nosso ser, no jardim invisível de nosso amor, porque é sabido que te amo, não somente por causa da primavera, mas também porque logo chegará o verão e o mar canta nas praias azuis, onde o sal branco brilha ao sol de verão, ah, minha bela, quando lembro de teu corpo dourado ao sol do meio dia, te amei mais do que o amor que ama o próprio amor e no fim das avenidas te amei, não somente porque chegará a primavera e não porque somente chegará a luz que banha o verão e banha as praias, as ruas, as piscinas e banha a luz sobre os verdes das árvores das gramas e dos arbustos. Tudo, minha bela, somente porque chegará a primavera e te prometo vento em teu cabelo, em teu rosto, vento ventando pelas ruas do mundo e principalmente os ventos que ventam na pequena cidade onde moramos na rua dos Flamboyants, ah, pelo amor do amor te amo, no cair da manhã, no cair da tarde, no cair da noite te amo desesperadamente, igual a criança que te amo já perto da primavera cheia de flores nos jardins e nas paredes dos muros cheios de musgos e cheios de maravilhas, maravilhada és tu, ó amada, criança ao vento, passarinho que canta para mim, tua presença me estremece como o voar do pássaro que voa docemente no azul da primavera, minha bela.

SABER É O GRANDE HORROR

Não saber de nada como a chuva, como a noite e as estrelas enormes, minha bela. Ou alguém sabe de alguma coisa? Um dia, sonhei que sabia que o rio corria no fundo do quintal, mas o tempo levou meu rio que hoje é outro e corre sobre leito de cimento, sem capins aos lados, sem peixes pequenos pulando sobre a peneira que passávamos sob a água do pequeno rio. Não saber de nada igual à noite imensa, lá fora. Depois dormir, dormir, talvez sonhar.

Saber é o grande horror, o grande tormento. Por isso ele nos atormenta com o dia e a noite, com os raios do sol, quentes. E as ruas, as avenidas, é duro saber que existem as ruas e as avenidas. Seria tão simples se somente passássemos pelas ruas e pelas avenidas, sem saber de nada, nem que havia no mundo as ruas e as avenidas. Apenas passássemos e continuássemos pelas ruas e avenidas, sem nem mesmo saber de nosso nome. Sermos eternos na breve passagem, minha bela.

CANTOR DE NOITES E MADRUGADAS

Cantor de noites e madrugadas dos abismos de estrelas da noite incansável ah o sol onde está a praia que um dia busquei no calor da areia meus pés pisaram as praias ensolaradas de palmeiras onde cantam os sabiás e outros pássaros ardentes como o sol amarelo campos de trigo o menino canta e corre e corre e corre pelas enxurradas da longa infância caída atrás onde no quintal o sol morria atrás das bananeiras do quintal depois vinha a lua e também a estrela Dalva minha primeira namorada em minha vida de poeta ah minha bela!

O MILAGRE, MINHA BELA

Ato ou fato incomum, inexplicável pelas leis naturais. Assim diz o dicionário, a respeito do milagre, minha bela. Mas em verdade vos digo que o milagre está acontecendo agora, nesse momento espantoso e vulgar, tão vulgar que Deus voa sobre a noite sussurrante, a tremer nas palmeiras.

Ainda falarei sobre o milagre do momento, instante. Merece um poema milagroso, igual à água azul da piscina. Ou outra coisa banal. Mas, a partir de agora, espero um milagre, em cada fração do dia. Em cada piscar de olhos.

Estou literalmente com sono, mas mesmo assim procuro o mistério que há nas coisas, minha bela.

E tudo é milagre.

APÊNDICE

Cronologia de Antonio Ventura

ANTONIO VENTURA nasceu em 6 de junho de 1948, na cidade de Ribeirão Preto, interior de São Paulo.

Em 1962 iniciou o Curso Ginasial no Colégio Estadual Alberto Santos Dumont, onde conheceu grandes professores; entre eles, Ely Vieitez Lisboa e Vicente Teodoro de Souza, os primeiros a descobrir o menino-poeta. Assim, aos quatorze anos, Antonio Ventura começou a escrever e ler muito, sendo dessa época seu primeiro poema moderno: "Tédio".

Em 1966 iniciou o Curso Clássico no mesmo colégio, onde adquiriu conhecimento de filosofia e da língua inglesa, francesa e latina. Nesse ano publicou, sob sua direção e supervisão do professor Vicente Teodoro de Souza, o jornal literário *Panorama*, elogiado pela crítica local, amplamente divulgado na escola e na cidade.

Em 1967, liderando outros jovens, promoveu em Ribeirão Preto a Primeira Noite de Poesia Moderna em praça pública, ao ar livre.

Em 1968 ganhou o primeiro lugar em Conto e Poesia do Concurso Dia do Professor, promovido pelo jornal *O Diário*, de Ribeirão Preto, além de ganhar outros concursos literários da região. Obteve o primeiro lugar em concurso promovido pelo Lions International, de âmbito nacional, com o ensaio "A paz é atingível". E primeiro lugar com o melhor comentário sobre a obra de José Mauro de Vasconcelos.

Em 1969 recebeu a primeira menção honrosa no Concurso Nacional de Contos Othon d'Eca, promoção de âmbito nacional da Academia Catarinense de Letras de Florianópolis, do Estado de Santa Catarina. No mês de janeiro promoveu, juntamente com o poeta Jaime Luiz Rodrigues, a Noite de Poesia Moderna em praça pública na cidade de Rio Claro/SP.

Em 1970 iniciou correspondência com a escritora Lygia Fagundes Telles.

No ano de 1971 foi vencedor de importantes prêmios literários: primeiros lugares em Conto e Poesia, prêmio Governador do Estado, promovido pela Secretaria de Cultura do Estado de São Paulo, ao mesmo tempo em que trabalhou como jornalista e crítico de cinema e teatro na revista *O Bondinho*, atividade que exerceu ao lado de grandes nomes do jornalismo brasileiro.

No ano de 1972 foi para o Rio de Janeiro, começou a vender seus poemas, em folhas mimeografadas, no Teatro Ipanema, quando foi encenada a peça *Hoje é dia de Rock*, de autoria de José Vicente, amigo pessoal do poeta. Prosseguiu com a atividade no teatro durante a temporada de *A China é azul*, de José Wilker. Publicou poemas nas revistas *Rolling Stone* e *Vozes*. Assim viveu no Rio de Janeiro até junho de 1975. Foi uma fase de grande produção literária, quando foram escritos os poemas contidos em *Viagem* e *Reivindicação da eternidade*. No mesmo ano publicou *Reivindicação da eternidade*, numa tiragem de 115 exemplares, mimeografados, vendidos para amigos e conhecidos.

Em 1977 escreveu a peça *Pequeno ensaio dramático*. Manteve correspondência com o escritor Osman Lins.

Em novembro de 1991 ingressou na Magistratura do Estado de São Paulo.

Em março de 1998 fundou em Mococa-SP, o Grupo Início – entidade literária.

Em 2001 participou do livro *Antologia Poética-Grupo Início*.

Em dezembro de 2002 aposentou-se como Magistrado.

É membro da União Brasileira de Escritores – UBE e da Academia Ribeirãopretana de Letras.

Tem artigos e poemas publicados em jornais e revistas do Rio de Janeiro, São Paulo, Brasília, Ribeirão Preto e Mococa.

No ano de 2011 publicou *O catador de palavras*, editora Topbooks, Rio de Janeiro, numa tiragem de 2000 exemplares, obra poética que reúne 7 livros: *Viagem, Reivindicação da eternidade, O catador de palavras, A máquina do tempo, Pastor de nuvens, Poemas para a amada* e

À *beira da poesia*; com lançamentos no Rio de Janeiro, São Paulo, Brasília, Ribeirão Preto, Paraty e Mococa. O livro conta com apresentação de Carlos Nejar, quarta capa de Antonio Carlos Secchin, membros da Academia Brasileira de Letras, orelhas com textos de Mário Chamie, Álvaro Alves de Faria, Menalton Braff e Saulo Ramos.

Em 2013 participou, ao lado de outros escritores, do livro *Cartas ao poeta dormindo*, em homenagem ao poeta João Cabral de Melo Neto, organizado por Marcos Linhares, editora Thesaurus, com 2ª edição, revista e ampliada (2015).

Em 2014 publicou *O guardador de abismos*, pela editora Topbooks, Rio de Janeiro, obra poética. O livro conta com prefácio de Carlos Nejar, quarta capa de Antonio Carlos Secchin, e apresentações de Ivan Junqueira e Adriano Espínola.

> Antonio Ventura é inevitavelmente poeta,
> caudaloso, irreverente, com acento surrealista.
>
> Carlos Nejar
> da Academia Brasileira de Letras

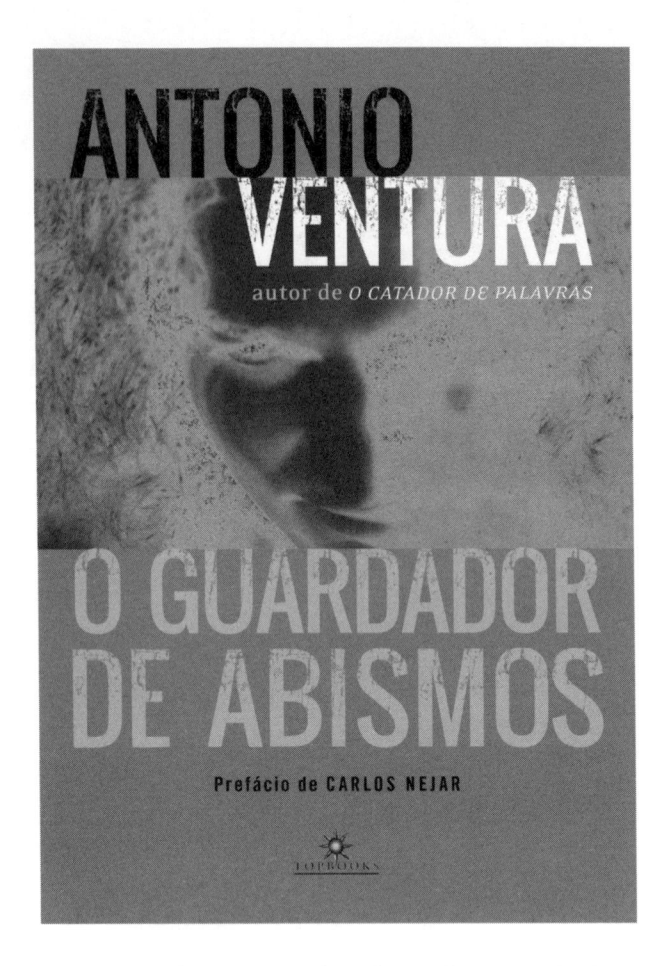

Após o belo O catador de palavras (2001), *O guardador de abismos (2014) é confirmação do talento — em verso e prosa — de Antonio Ventura*

Antonio Carlos Secchin
da Academia Brasileira de Letras

Créditos das imagens

AMÊNDOLA, Francisco. Desenhos, págs. 49, 98, 131.

IRINE, Marcos. Desenhos, págs. 21, 34, 35, 46, 54.

JORGE, Tânia. Desenhos, págs. 50, 86, 128, 147, 159.

MARINO, Divo. Caricatura, pág. 7.

PALADINI, Carlos Alberto. Desenhos, págs. 4, 52, 60, 94, 102, 138.

VENTURA, Antonio. Desenhos, págs. 3, 23, 39, 41, 44, 56, 61, 63, 66, 68, 70, 81, 84, 88, 92, 96, 100, 115, 150.

VENTURA, Renato Batista. Foto do autor, orelha esquerda da capa e pág. 167.

Contato com o autor

E-mail:

venturaedebora@uol.com.br

Blog:

http://ocatadordepalavras.blogspot.com

Facebook:

http://www.facebook.com/Poeta.Antonio.Ventura

Twitter:

@Antonio_Ventura_

Este livro foi composto nas
tipologias Electra e Eidetic Neo
e impresso em papel pólen soft 80g,
na Edigráfica em março de 2016.